集英社オレンジ文庫

ある朝目覚めたらぼくは

～機械人形(オートマタ)の秘密～

要　はる

本書は書き下ろしです。

目次

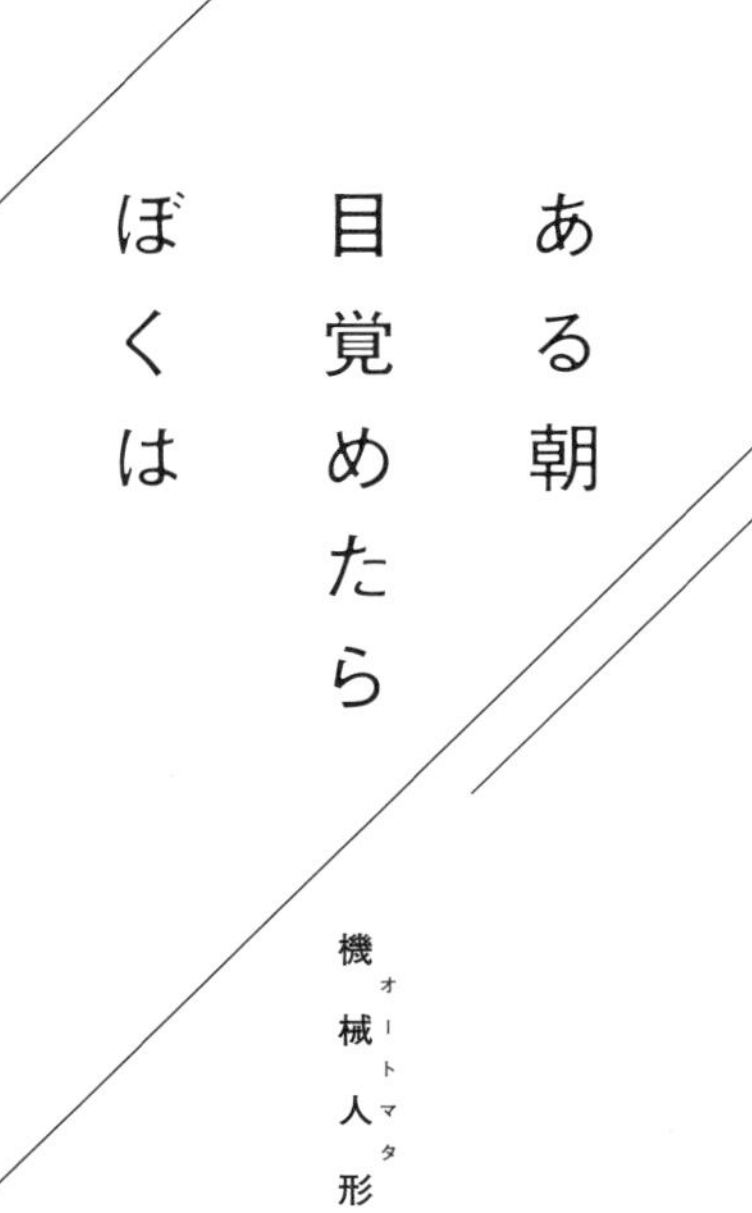

ある朝
目覚めたら
ぼくは

機械人形(オートマタ)の秘密

One morning I awoke to find myself famous.
『ある朝目覚めたら、私は有名になっていた』

英語の授業で初めてその構文を習った時、ぼくは少なからず衝撃を受けた。

いったい、彼あるいは彼女の身になにが起きたのだろう。

有名って、いい意味で？　悪い意味で？

もしいい意味なら、きっと、どえらい奇跡が起きたに違いない。

一晩で世界が変わるって、どんな気分かな？

想像しかけて、すぐに思考を停止させた。

馬鹿馬鹿(ばかばか)しい。

他の人はどうあれ、奇跡なんてものは、ぼくには無縁だ。誰に言われたわけでもないけど、ちゃんと知っている。

たとえ何千回、何万回目覚めても、ぼくに奇跡が起こることはない。──ただ、ゆるやかに『落ちて』いくだけ。

エデンへ ―― 再会?

『エデン』

　スペース、続けて町名を打ち込むと、小さな画面に情報があふれた。

『建築家、山瀬（やませ）正行（まさゆき）氏が、たった一人でつくり続けているコミュニティ。東京ドーム二つ分の緑豊かな敷地の一角に、洋菓子店など様々なショップ、占いの館、ガラス工房、会員制のブックカフェ、オルゴール館などが建っている。建物はもちろん、並木道や街灯、展望台もすべて彼の設計である』

『中世ヨーロッパの田舎町みたい！　カワイイ建物がいっぱい』

『都会のオアシス』

『どのお店もレベル高い！』

『ヘンゼルのカップケーキ、超おいしい！　パティシエのお兄さんイケメン』

『占いの予約、三年待ちってホント？』

『吹きガラスの体験コーナーがオススメです』

『オルゴール館の店員さん、美人すぎ。最高』

「ふ〜ん。けっこう有名なんだ」

　つぶやいて、遼（りょう）はスマートフォンの画面をスクロールした。好意的な感想が並んでいる。

――と、ある一文に気づき、ぎくりと指を止めた。

『アンティークの雑貨屋さんがオープンするそうです。いつかな？　楽しみ』

ズキリと胸が痛み、とっさに目をそらす。

一番楽しみにしていた人は、もうこの世にいない。

急いでスマホをポケットにしまった時、電車内にアナウンスが流れ、おりる駅が近いことを告げた。


今まで住んでいた町から、快速電車で一時間。ここから目的地『エデン』までさらにバスで十分……だが、今日は迎えがきているはずだった。

「ここでいいのかな？」

南口を出てすぐの所にある、小さな噴水の前で立ち止まる。平日の午後だが、新幹線や特急が停車する大きな駅だけあって、けっこう混雑していた。きょろきょろ周囲を見回していると、後ろから声をかけられた。

「坂垣(さかがき)……遼くん？」

「あ」

見覚えのある男性が立っていた。日に焼けて引き締まった身体に短い黒髪、顔には人のよさそうな笑顔が浮かんでいる。チノパンにシャツという軽装だ。

「山瀬さん」

「よかった、会えて。迷わなかった?」

「はい」

うなずいて、深々とお辞儀をする。

「あの、先日は祖父の葬儀にご参列いただき、ありがとうございました」

「いやいや」

山瀬氏が表情を改めた。

「おじいさんのことは……本当に突然で、驚きました。生前はいろいろよくしていただいて……。お悔やみ申し上げます」

「ご丁寧に恐れ入ります」

互いに頭をさげあったあと、山瀬氏がちょっと驚いた顔で頭をかいた。

「いやぁ、坂垣さんから話はきいてたけど、本当にしっかりしてるなぁ」

「そんなこと……」

「あるって。ぼくにも中二の娘がいるけど、全然違う」

「ぼく、高三ですよ。一緒じゃマズイでしょう」

童顔のせいか、色が白くてやせぎみのせいか、昔から歳（とし）より幼く見られがちだ。

「そうか。そういえば、学校はどうするの？　転校するなら、編入試験とかあるのかな？」

「いえ。退学しました」

「え」

戸惑（とまど）う山瀬氏に、にっこりと笑ってみせる。

「祖父が遺（のこ）してくれたお店を継いで、なんとかやっていけたらなって」

もう頼れる人はいない。これからは一人で生きていかなくては。

「そっか……」

山瀬氏がため息をついた。

「残念だけど、仕方ない……のかな？　ぼくも手伝うから、なんでも相談してくれよ」

あれこれ追求してこないところをみると、祖父からだいたいの事情をきいているのかもしれない。

こっちだよ、と手招きされ、歩き出す。一時駐車スペースに、バンが一台とまっていた。

「荷物はそれだけ?」

肩からさげているスポーツバッグと右手の紙袋を指さされ、うなずく。

どうしても必要な物しかもってこなかった。祖父が亡くなったら、『借りていた物』は全部返却しなければいけないような気がして……。

またズキリと胸が痛み、慌てて首を横に振る。

(大丈夫。こういうの、慣れてるはずだろ)

遼は、両親の顔を知らない。大人のウワサ話をもれきいたところでは、どうやら二人は、まだ学生の頃に駆け落ちしたらしい。母は大きな運輸会社の社長令嬢で、当時、取引先の社長子息と結婚の話が進んでいたようだ。それを蹴って貧乏学生と駆け落ちしてしまったのだから、母の両親はもちろん親族も激怒したという。

二人はその後、交通事故でともに他界し、赤ん坊だった遼の引き取り先が問題になった。母方の祖父母は拒否し、父方の祖父母はすでに亡くなっていたため、施設や父方の親戚の家をたらい回しにされて育った。短い時は数日で移動する不安定な日々は、母方の祖父が迎えにきてくれるまで八年間続いた。

(そうだ。久し振りだから忘れてただけで、お別れなんていつものことじゃないか)

きっと、これまでのように上手く乗り越えられる。胸の痛みだって、我慢していればいずれ消える。

　山瀬氏が運転席のドアを開けた。

「さぁ、乗って。出発しよう」

「はい」

　スポーツバッグを後部座席に置かせてもらい、助手席に座って紙袋を膝(ひざ)に載せる。山瀬氏が、ちらりと紙袋に視線を投げた。引出物でも入っていそうな、マチの広い大きな袋に興味がわいたのだろう。

「オートマタが入ってるんです。お店に飾ろうって祖父と話していて」

　別に秘密にするほどの物ではないので、自分から説明する。

「オートマタ?」

「オルゴールの人形です」

「あぁ、見たことあるよ。メロディが流れて、動くヤツだろう?」

『エデン』には、オルゴール館があるのだ。

「すごく精密で、びっくりした。まぶたを閉じたり、舌を出したりしてさ」

「この人形も瞬(まばた)きしますよ。見にきてください」

　シートベルトをしめると、バンはゆっくりと発進した。

高層ビルや百貨店が並ぶ駅前を抜け、西へ。少し進んで、すぐ赤信号にひっかかる。

「混んでるなぁ。疲れてたら眠っていいよ。いろいろ大変だったろ?」

「いえ、大丈夫です」

疲れてはいるけれど、眠気はない。祖父が亡くなってから、眠れない日が続いていた。緊張しているのかもしれない。

バンはのろのろ運転で市役所、図書館の前を通過し、やがて住宅街に入った。なだらかな坂をのぼった先に、三叉路(さんさろ)がある。左の道を進むと、いきなり目に緑が飛びこんできた。

「うわぁ」

大きな鉄の門があり、その向こうに新緑があふれている。

「ここからは、私有地なんだよ」

アスファルトの道路が、赤レンガに変わっていた。左右には背の高い木々が並んでいる。スマホで見た写真と同じ、中世の田舎町にありそうな可愛(かわい)らしい建物が建っていた。

「あそこは洋服屋さんだよ。デザイナーが住んでる。左に見えるのは洋菓子店。その奥がガラス工房だ」

「広いですね」

休日ともなればかなり混みあうらしいが、今日は月曜で人はまばらだ。小鳥の鳴き声がきこえ、涼しい風が吹きぬけていく。まるでどこかの避暑地のようだ。

「すごいだろ。鍾乳洞まであるんだよ。危険だから出入り口はふさいであるけどね。森の奥とか不用意に入っちゃダメだよ。迷子になる……というより、遭難する」

　瀟洒な街灯と案内板を見つけ、遼は思わず窓から身を乗り出した。

「ここにある物、全部山瀬さんがつくったって本当ですか？」

「実際に建てるのは職人さんだけど、設計はぼく一人でやってるんだ。――遠江家って、知ってる？」

「はい。明治時代から続く旧財閥ですよね？」

「今はホールディングスって言うらしいね。要するに、銀行や商社から電気事業、自動車等々、あらゆる産業に手を出してる大金持ちだよ。うらやましい」

　冗談めかして笑い、続ける。

「ぼくは遠江家の現社長と幼馴染みで、その縁で『エデン』をつくらせてもらってるんだ。そもそも最初の依頼は『結婚するから新居を建ててほしい』だったんだよ」

　だから、このメインストリートの先には、遠江家の屋敷もあるという。

「けどさ、ご覧の通り美しい場所だろう？　つい欲が出てきちゃって、以前から温めていた『エデン』の計画を打ち明けたんだ。そしたら意外にもオーケーが出てね。それからコツコツと、気づけば二十年以上——っと、ここだよ。きみの……きみとおじいさんのお店」

メインストリートに面した建物の前で、バンがとまった。木の扉の左側はガラス張りになっていて、店内の様子がうかがえる。右側には小さな出窓があり、自由にディスプレイができるようになっていた。店舗の右手にある小さな庭には、ミモザの木が植えられている。

銀のプレートに刻まれた店名は『エトワール』。フランス語で『星』だ。

祖父がオープンしようとしていた、アンティークの雑貨店。

「——」

渡された鍵を差し込み、そっと扉を開ける。店内には新しい木の香りが漂っていた。白を基調としたすっきりとした空間で、入って左右、そして正面奥につくりつけの棚があり、真ん中に楕円形(だえんけい)のテーブルが置かれている。商品は並べられていない。おそらく、床に置かれたダンボール箱の中に、祖父が買いつけた品物が入っているのだろう。

このお店の存在を知ったのは、つい一カ月前のことだ。

折り入って話があると部屋に入ってきた祖父の目が、いたずらっ子のようにキラキラ輝いていたので、またなにか楽しいことを始めたんだなとすぐにわかった。

母方の祖父、坂垣賢蔵は、下町の小さな引っ越し屋を全国的に有名な運輸会社にした人物で、小柄な体格とは裏腹に、パワフル、前向き、そして明るい性格だった。若い頃から趣味でアンティークの家具や什器、時計などを集めており、集めるだけではなく自ら修復や修理も行っていた。

『引退後は、好きなアンティークを扱える店を出したいと思っていたんだ。本当は、お前が高校を卒業するまで待つつもりだったんだが……』

理想的な場所を見つけて、我慢できなくなってしまったという。

『学校は、なんとか通うか、下宿するか、思い切って転校するか……。どちらにしても、受験で大変な年にガラリと環境が変わってしまうなぁ。すまないね』

謝罪なんて必要なかった。祖父がやることはいつも面白くて、ワクワクした。夏休みを丸々使って自転車で北海道まで旅をしたり、木の上に自作の家をこしらえたり、アンティーク家具などの修復技術を学ぶため、海外に数カ月滞在したり……。なにより、知らない家を転々とする不安定な毎日から救い出し、十年も一緒にいてくれたのだ。

『そのお店、ぼくも手伝っていいんですか？』

『もちろんだよ。実はもう建ててしまってね。早く言わなければと思っていたんだが、今回ばかりは反対されるんじゃないかと不安で、なかなか打ち明けられなかったんだ』

『反対なんて、そんな……。賢蔵さんの夢だったんでしょう?』

『しかし、学校がなぁ』

『どんなお店ですか? 写真とかあれば、見たいです』

その晩は、店舗の見取り図を広げて、コンセプトや内装、仕入れ方法など、遅くまで語りあった。

『高価な物だけじゃなくて、食器類や雑貨をメインにした、気軽に入れる店にしようと思っているんだ。家具の修理も受けつける。一階に店と修復工房、ダイニングキッチンがあって、二階のここが遼の部屋だ』

(——こっちかな……)

祖父の言葉を思い出しながら店を突っ切り、カウンターの奥にある引き戸を開ける。二畳(じょう)ほどの広さの靴脱ぎ場があり、一段高い正面がダイニングキッチンになっていた。靴脱ぎ場の右にも扉がある。開けてみると、機械とダンボール箱が山積みで、ここが工房だとわかった。

靴を脱ぎ、ダイニングキッチンに足を踏み入れる。祖父は住まいを先に整えていたようで、テーブルとイス、食器棚に二人分の皿、ナベやヤカン、基本的な調味料と米、カップラーメンまでそろっていた。

「電気、ガス、水道、全部使えるようになってるから」

後ろから声をかけられ、ハッと我に返る。山瀬氏の存在を忘れていた。

「すみません。いろいろありがとうございました」

「いやいや……そうだ、これ、『エデン』の地図。ぼくの家はここね。名刺も渡しとくよ。困ったことがあったら電話して」

店の外まで出て山瀬氏を見送り、再びダイニングキッチンに戻る。

左手にある階段をのぼって二階に出ると、廊下をはさんで左手前からトイレ、バスルーム。右に二部屋並んでいた。自分の部屋だときいていた、手前の扉を開けてみる。

「あ……」

てっきり空っぽだと思っていたのに、扉正面の窓辺にデスク、向かって左の壁際にベッドが置かれていた。両方ともアンティークだ。ベッドにはマットとシーツ、掛け布団、そして枕がきちんとセットされている。デスクは左右に小さな引き出しがたくさんついており、遼は一目で気に入った。

（賢蔵さんからのプレゼント……なんだろうな）

近寄って、そっと手を置く。細かなキズが味わいぶかい。遼も祖父に劣らずアンティークが好きだった。

長い時を経た家具には独特の丸みがあり、ぬくもりが宿っているような気がする。そして、安価な物があふれる現在でも、代々受け継がれた家具を大切に使い続ける人たちが、少なからずいる。彼らは家具や時計、アクセサリーを、なくてはならない大切な存在と考えており、祖父が修復すると心から喜んだ。

預かっていた物が無事に持ち主の手に戻る時、遼は、あるべき物があるべき場所へおさまるように思えて、ほっとした。

（本当ならここに賢蔵さんもいて、一緒に開店準備をするはずだったのに）

三週間前に突然脳出血で倒れ、一度も目を覚ますことなく、かえらぬ人になってしまった。遼にこの店を遺して。

ズキリと胸が痛み、慌ててデスクから目をそらす。

「さて、と」

わざと大きな声を出し、窓を開けて空気を入れかえた。

「やるか」

祖父が楽しみにしていた店だ。本格的な家具の修復は無理だが、店舗だけでもしっかり守っていかなければ。廃業なんてことになったら、顔向けできない。

スポーツバッグと紙袋を床に置き、まず紙袋から木の箱を取り出す。中身は、山瀬氏に説明した通り、緩衝材に包まれたオートマタだ。

　オートマタとは、十八世紀にヨーロッパで発明された自動人形のことで、遼が手にしているのは最近つくられたと思われる作品だった。高さは三十センチほど。緑色のドレスを着た女の子で、木の台に腰かけている。実はこの台が重要で、中に人形を動かすカムという金属の円板が入っているのだ。

　女の子の髪は黒。ふっくらとした頬に茶色の瞳をしていて、両手に赤いバラの花束を抱え、少し恥ずかしげにうつむいている。台から突き出ているゼンマイを巻くと、美しい音色とともに顔をあげ、瞬きし、辺りを見回すような仕草をしたあと、花束を差し出してくる。「どうぞ」とでも言っているのか、ピンクの唇が動き、小首をかしげる様子が愛らしい。

　楽しめる曲は二種類。『きらきら星』と『子犬のワルツ』だ。まず『きらきら星』のメロディを二回繰り返したあと、自動的に『子犬のワルツ』に切り替わり、こちらは一回だけ流れて停止する。とても素人がつくったものとは思えない素晴らしい一品だが、作者は不明だった。

（っていうか、どうしてこれをぼくがもっているかもわからないんだよね）

　いつの間にか数少ない自分の持ち物に加わっていて……でも、当初は壊れて音も出ず、動きもしなかった。壊れていることにも気づかなかった。

この人形がオートマタと呼ばれるもので、非常に高価だと教えてくれたのは祖父だった。つまり、祖父に会う前にもう手にしていたわけだ。

どこで誰にもらったか覚えていなかったけれど、動いて音が出ると知ると、無性に直さなければいけない気がしてきた。——それも、自分の手で。

無理を承知で祖父にお願いしてみたところ、彼はアンティーク仲間から修復師を紹介してもらい、修復方法が学べるように交渉してくれた。

最初は渋っていた修復師も祖父の熱意におされ、遼は祖父と一緒に彼のもとへ通い、時間をかけて直したのだ。以来、大切に保管してきた。それは、初めて自分で修復して愛着がわいたから、だけではない。

遼は彼女を『仲間』のように感じていた。

お互いに、どこからきたのかはっきりしない。ここにいていいのかもわからない。まるで迷子だ。もちろん、その頃の遼にはすでに祖父がいた。——けれど、完全には安心できなかった。

なぜなら、きいてしまったのだ。大人たちのウワサ話を。母が駆け落ちした時、最も怒り、勘当を言い渡したのが祖父だったということを。

どういう心境の変化で迎えにきてくれたのか、わからない。気まぐれか、祖母が亡くなって寂しくなったのか……。

もし祖父に尋ね、話をきいていたら、不安は和らいだかもしれない。……実は、祖父がこの話題に触れようとしたことが何度かあった。けれど、遼には向き合う勇気がなかった。祖父が当時の怒りを思い出し、遼と縁を切ると言い出したらどうしよう。彼の口から両親の悪口が飛び出したらどうしよう。世間体から仕方なく孫を引き取っただけで、本当は後悔していたら……。そんな話、ききたくなかった。

実際に三日も一緒に暮らせば、祖父がよい人であることはわかる。けれど、八年間の流浪生活で、遼は人間にいろんな顔があることを、身をもって学んでいた。外ではニコニコしていても、家で暴力をふるう人。面倒を見る報酬だけ受け取っておいて、食事を与えず無視する人。名前すら覚えてくれない人……。

祖父が大好きだったからこそ、悪い一面を知りたくなかった。嫌いになりたくなかった。優しくて頼りになって、尊敬できる人でいてほしかった。

だから祖父が両親の話題に触れそうになるたびに、遼はさりげなく、しかし全力で——逃げた。

いつか出ていけと言われるかもしれない。そんなことはあり得なくとも、高齢の祖父はいずれ自分をおいていってしまう……。不安に押し潰されそうになるたびに、遼はオートマタを眺めて過ごした。彼女が奏でる美しい音色に耳を澄ませ、つぶらな瞳や差し出される花束に心を癒された。

遼にとって彼女は、孤独を理解しあえる唯一の『仲間』だったのだ。

「とうとう二人だけになっちゃったね」

人形の髪を整え、語りかける。

「一緒に頑張ろう。きみには看板娘になってもらいたいんだ」

一階の店舗におりて、扉の脇にある出窓にオートマタを飾る。ここに人形を置くのは、祖父のアイディアだった。アンティーク調で、愛らしさと同時に上品さを感じさせる顔立ち、凝った衣装……。きっとお客さんの記憶に残り、ついでにお店も覚えてもらえるに違いない、と。

「こんな感じかな？」

外からよく見えるように配置し、表へ出て確認してみた。

「ん〜。ちょっと寂しいな。他にもなにか置いてみようか」

店に戻り、ダンボール箱を開けてみる。やはり中身は祖父が買いつけた品物だった。

「うわぁ、このカフェオレボウル、いい！　こっちの懐中時計もなかなか……」

つい夢中になり、次々に箱を開けていく。ランプや古いコイン、キーホルダーなど、気軽に買える物もぎっしりと入っている。

時間を忘れ、どのくらいあさっていただろう。

「！」

緩衝材に包まれた星と月のオーナメントを発見した。他にレースのテーブルクロスも。

「これにしよ……イテテ」

立ち上がると足がしびれていた。かなり長い間、没頭していたらしい。

（あ……）

出窓までよろよろ歩いていくと、店の前で女性二人がオートマタを見てなにやらしゃべっていた。片方がスマートフォンで写真を撮っていて、遼に気づくと笑顔になった。

「かわいいから撮っちゃった。いい？」

「ここ、人形のお店？」

出窓越しに尋ねられ、慌てて扉を開けて外に出る。

「アンティークの雑貨店です」

「あぁ、エトワール！」

一人が看板を指差した。

「ウェブサイト見たよ。近日オープンでしょ？　日にちはもう決まったの？」

ママ友達だろうか。二人とも赤ちゃんを連れている。

「すみません、未定なんです。できるだけ急ぎますが」

「そう。楽しみにしてるね～」

「絶対くるから！」

手を振り、去っていく。見送って店に戻り、遼はオートマタを取りあげた。

「さっそく大活躍だね」

テーブルクロスを適当な大きさにたたんで敷き、その上にオートマタ、さらに周囲にオーナメントを並べる。

「こんな感じかなぁ」

よく考えれば、ディスプレイなんてしたことがない。

もう一度外へ出て、つくづく眺めた。

(悪くないけど……。上が寂しい？　なにか吊るすか……。いや、かえってごちゃごちゃしちゃうかも)

「！」

不意に真後ろで小さな悲鳴があがり、遼は驚いて飛びあがった。その拍子に、自分の背なかった。

中が誰かの体にぶつかる。つまり、相手はそのくらい接近していたのだ。まったく気づかなかった。

「す、すみません」

慌てて一歩退き、目をみはる。立っていたのは、自分と同じ歳くらいの女性だった。ほっそりとした身体に腰までのびた長い黒髪、白い肌。両手で口をおおい、瞬きもせずにオートマタを見つめている。先ほどの悲鳴は彼女のものだろう。——と、その視線が遼に向いた。大きな目がさらに大きくなり、涙がもりあがってくる。

「リョウくん！」

「は？」

いきなり名前を呼ばれ、びっくりした。

さらに驚いたことに、彼女は両手を広げ抱きついてきた。

「信じられない！　こんな所で会えるなんて！」

ほどよい重み。やわらかな感触。硬直している遼の耳に息がかかる。

「やっぱり、この子はずっとあなたがもっていてくれたのね。ありがとう」

「どどど、どちらさまでしょうか」

「きらです。遠江きら。——わかりませんか？」

わからない。

「あ、昔は髪が短かったから」

彼女は遼から一歩離れ、両手で髪をもちあげた。妙に色っぽい仕草にドギマギする。

「このくらいでした。どうです?」

当人はちっとも気にせず、期待に満ちた眼差(まなざ)しを向けてくる。しかし、記憶にない。

「いや、えっと」

「あ、会ったのは十年前なので、全体的に今よりもっと小さくて」

それは当然ではないだろうか?

「って、十年前?」

ちょうど祖父に会った頃だ。しかし、どれだけ記憶をさらっても、彼女は出てこない。

当惑する遼の目を、きらと名乗った女性がのぞきこんできた。

「思い出せませんか?」

「はぁ」

ウソをつくわけにもいかず、うなずく。途端に、彼女はしょんぼりと肩を落とした。なんだか申し訳なくなり、遼は小さく頭をさげた。

「すみません」

「いいんです。実は私も、つい最近までリョウくんのことを忘れていて……というか、夢の中の子だと思いこんでいて……。でも、あなたがララをもっていてくれたから、きっと覚えているんだとばかり……」

「ララ？」

きらが出窓を指差す。

「このオートマタの名前です。私をモデルにして、母がつくってくれたんですよ。きらとララ」

「えぇ！」

遼は目を見開いた。

「つまり、きらさんは、このオートマタの持ち主ですか？」

「はい。母はオルゴール作家で、これは母の作品です。――あ、私は母からあちらのオルゴール館を引き継ぎ、館長をしています。改めまして、よろしくお願いいたします」

通りの向かいにある建物を指差す。遼の店と似た外観だが、倍以上の大きさで、二階のベランダに花が咲き乱れている。

木製の看板には『オルゴール館・かなで』と書かれていた。どうりで、オートマタという単語がすぐに出てきたわけだ。

「こちらこそ、よろしくお願いします」

「リョウく……リョウさん。苗字はなんとおっしゃるんですか？」

「坂垣です。坂垣遼」

「あぁ、坂垣さんの……まぁ、お孫さんだったんですか？　坂垣さんには、お店の準備にこられた時に、何度かお会いしています。とても気さくな方で……。本当に……このたびはご愁傷さまでございました」

頭をさげられ、こちらもお辞儀を返す。

「ご丁寧に、ありがとうございます」

どうやら彼女は遼よりも「しっかりしている」ようだ。お悔やみの言葉をごく自然に口にする同年代に初めて会った。

「ん？　きらさんの苗字は遠江ですよね。もしかして、『エデン』のオーナーさん……？」

「いえ。この土地は私ではなく父のものです」

つまり、社長令嬢だ。

「――」

もう一度、相手を見つめる。身長は遼よりやや低いくらい。お店の制服だろうか。白いブラウスに黒のベストとスカート、襟元の赤いリボンがよく映えている。ただ立っているだけなのに、すっと背筋が伸び、どこか優雅な雰囲気だった。ふと、スマホで引き出した情報を思い出す。

『オルゴール館の店員さん、美人すぎ。最高』

やはり彼女のことだろう。店員ではなく館長のようだが。

「ところで」

高すぎず低すぎず、耳に心地よい声で、彼女が言った。

「できれば、ララ……こちらのオートマタを返していただきたいのですが……」

「あ……」

出窓にいる人形ときらを見比べる。彼女がモデルと言われてみれば、どことなく似ているようだ。

(でも、なんで彼女の物をぼくがもってるんだ？　まさか盗んだとか？　その罪悪感で記憶が消えてるのか？)

オートマタは大層高価だと祖父が言っていた。

(賠償金とかの話になったら、どうしよう)

青ざめた遼に、きらが首をかしげる。

「疑っていらっしゃいます？　私が本当にこのオートマタの持ち主かどうか」

「いえ、そうじゃなくて」

「この子の中には」

　彼女がすらすらとしゃべり出した。

「シリンダーオルゴールが組み込まれています。曲は二種類。『きらきら星』と『子犬のワルツ』。ちなみに『きらきら星』は二番まで入っていて、二回同じメロディが流れると、シリンダーがわずかに横にずれ、自動的に二曲目の『子犬のワルツ』が始まります。そして、靴で隠れていますが、右足の裏にDear K・0402と刻まれています。——違いますか？」

「——」

　その通りだ。曲名といい、右足の刻印といい、外から眺めただけではわからない情報……。つまり、間違いなく彼女が本来の持ち主——。

「0402は、私の誕生日なんです」

　きらが両目を細める。

「あなたに会う少し前、十歳の誕生日に、母がつくってくれたんです。母は、その後間もなく病気で亡くなったので、最後の作品ということに——」

「ごめんなさいッ！」

いきなり遼がその場に両手をついたので、きらが小さく悲鳴をあげた。

「ちょっ……遼さん。どうしました？　大丈夫ですか？」

「ぼく、盗んだんですか？　全然覚えてないんですけど、多分、盗んだんですよね？」

でなければ、そんな大切な物を自分が何年も所有しているはずがない。

亡くなった人の最後のプレゼント。要するに、形見。

（賠償金どころの話じゃない！）

祖父を亡くしたばかりの遼には、その重大さが痛いほどわかる。彼女はどれだけこの人形を捜したことだろう。辛い思いをさせてしまったに違いない。

殴られても蹴られても文句は言えない。

「申し訳ありませんでした！」

「違います！　盗んでなんかいません！」

きらが地面に膝をつく。優しく肩に手を置かれ、遼は怖々顔をあげた。

「――本……当に？」

「はい。私の説明が悪かったですね。驚かせてしまって、すみません」

「じゃあ、なにがあったんですか？　十年前に」

「それは――」

唐突に、アラーム音が鳴り響いた。

「いけない」

ポケットからスマートフォンを取り出し、きらがオルゴール館を振り返る。

「そろそろオルゴールの実演会の時間です。いかなきゃ」

遼の手を引っ張り、一緒に立ちあがる。

「あの、ララをもらっていってもよろしいでしょうか？　ちょっと事情があって、私の手元に置いておきたいんです。説明は、あとで必ずしますから」

「は――」

本来の持ち主に返す。当然のことなのに、とっさに「はい」と言えなかった。

新しい場所で頑張ろうと思っていた矢先に、唯一の心の支えが――大切な『仲間』が、いなくなってしまう。

「遼さん？」

きらが心配そうに顔をのぞきこんでくる。遼は慌てて目をそらした。

自分は今、どんな表情をしていただろう。

「いえ、あの、――はい、もちろん。お返しします。少々お待ちください」

店内へ戻り、オートマタを取りあげる。

（きみはララって名前だったんだね）

そうだ。彼女は本当の家に帰れる。これはよいことなのだ。自分だって、祖父が迎えにきてくれた時、どんなに嬉しかったか。だから寂しがってはいけない。

（長い間、ありがとう）

そっと黒髪をなで、外に出る。

「どうぞ」

「ありがとうございます」

受け取ったきらが、人形を目の高さにかかげた。

「昔のままね。懐かしい。こんなに綺麗に保管してくださっていたなんて……」

（あ）

修理したことを打ち明けたほうがよいだろうか。

（どう説明しよう）

壊れた原因もわからないのに。

迷う遼の前で、きらが人形に頬ずりした。

「お帰り、ララ」

その言葉をきいた瞬間、遼の胸の中に風が吹き抜け、わずかに曇っていた心が完全に晴れた。自然に笑顔がこぼれ、次のセリフを素直に言うことができた。

「持ち主が見つかって、安心しました」

きらが深々と頭をさげる。

「本当に、ありがとうございました」

「どういたしまして」

修理については、あとでゆっくり説明すればいいだろう。

「時間、大丈夫ですか?」

オルゴール館を指差すと、彼女は弾かれたように頭をあげた。

「いけない！　失礼します——」

身をひるがえし、通りを半ばまで渡ったところで振り返る。

「そうだ、遼さん。ウェブサイトはご覧になっていますか?」

「え?」

急に話が飛んだように思えて戸惑ったが、すぐにうなずく。

「はい。一応」

電車の中で、『エデン』のサイトを見た。

「そうですか」

きらがぎゅっと人形を抱きしめた。

「あの……おじい様が……お……お亡くなりになって……その……大変な時に……こ、こんなことをお尋ねするのも、失礼かと思うのですが……」

「？」

あんなにしっかりしていたのに、なぜか急にしどろもどろになっている。

遼は首をかしげた。

「なんでしょう？」

きらは人形で半分顔を隠した。耳が赤い。

「サ……サイトに書いてあったこと……。遼さんは、どのようにお考えですか？」

（は？）

遼はもう一度首をかしげた。

おじい様がお亡くなりになって大変な時に……。

サイトに書いてあった……。

「あぁ」

雑貨店の開店日のことだろう。先ほど、二人連れの女性にきかれたばかりだ。きらは、遼一人で大丈夫かと心配しているのかもしれない。

大丈夫だというように、笑ってみせる。

「できるだけ早くしたい、と考えています」

ぴくっと彼女の肩が震えた。

「ほ、本当ですか?」

「はい。きっと祖父も喜ぶと思うので」

「そうですか。わかりました」

ふわりと花のように彼女が微笑(ほほえ)んだ。

「では今夜、支度をしてから改めておうかがいします」

深夜の訪問者

「支度って、なんだろう?」

夕飯のカップラーメンのふたを開け、遼(りょう)は壁にかけられた時計を見あげた。

時刻は夜の十時をすぎている。

張り切ってオープンの準備をしていたら、すっかり遅くなってしまった。それでも初めての作業は思うようにはかどらず、店舗には相変わらずダンボール箱が山積みになっている。

遼が店の明かりを消す頃には、通りの向かいにあるオルゴール館は閉館していた。――が、きらがくる気配はない。

「今夜うかがうって、きき間違いだったのかな?」

十年前の話をしてくれるのだろうと思っていたけれど……。

「ま、明日でもいいよね」

つぶやいて、山瀬(やませ)氏からもらった『エデン』の地図を手元に引き寄せる。

広大な敷地は朝顔の葉っぱに少し似ている。道はまるで葉脈(ようみゃく)のようだ。葉の真ん中に真(ま)っ直(す)ぐ伸びている中央脈が、ちょうどメインストリートにあたる。そこから側脈のように所々に細い道が伸びている。

噴水広場やカリヨン(鐘)の丘、池などがあり、メインストリートの突き当たりが遠江(とおとうみ)

家の屋敷だ。そこは一般の人は入れないように柵で囲われているようだった。

建築中の建物もあるらしく、店も道も、まだまだ増えていくのだろう。

「そうだ。明日は挨拶まわりにいかなくちゃ」

本来なら越してきた今日いくべきだったが、明日――火曜日は『エデン』のお店がすべて休みで、休日のほうが接客の邪魔にならないと山瀬氏に教えられ、一日ずらすことにした。

「それから、内装と品出し、帳簿も準備して……」

ため息をつき、箸をおく。あまり食欲がない。半分ほど残して席を立ち、二階のバスルームでシャワーを浴びてパジャマに着替えた。

（静かだな。テレビでも買おうか）

一人になった上に、ここは都会のオアシスだ。きこえてくるのは風が木々を揺らす音くらいだった。

もう一度店舗の戸締まりを確認して、二階の自室へ向かう。

スイッチの場所がわからず、明かりをつけるのに少々手間取った。

「これ……か？」

パッと部屋が明るくなり、同時に遼はぎょっとして身をすくませた。

ベッドの真ん中に、なにかがいる。

（白い……丸めた布？）

と、布の塊がもぞもぞと動き、頭をもたげてニャアと鳴いた。

「なんだ、ネコか」

ドキドキしている胸に手を置き、大きく息をつく。

「びっくりした。ノラネコ？」

生き物を飼った経験はない。もし暴れでもしたら、どう対応すればいいのだろう。とりあえず、すり足でそうっと近づいていく。ネコは威嚇する気配もなく、こちらを見ている。長い毛は綺麗で、赤い首輪をつけていた。飼いネコのようだ。

怖々右手を伸ばすと、頭をすり寄せてきた。そのスキに左手で首輪のタグを確認する。

「ブラン。……名前かな？」

確か、フランス語で『白』という意味だったはず。

「どこから入ったんだろう？」

住所を探したが、裏には『エデン』としか書かれていない。メスのようだ。

「山瀬さんに電話……するほどのことじゃないよね」

こんな夜中に迷惑だろう。

悩んでいる間にも、ネコは遼の手に頭や頬をすり寄せ続けている。長い尻尾がパタパタ左右に振られていた。

（人懐っこいなぁ）

これなら抱けるのではないだろうか。試しにそうっと体の下に両手を差し入れ、もちあげてみる。意外に重く、やわらかい。

（ぐ、ぐにゃぐにゃ！　骨ないの？）

どの程度力を入れてよいものか……。クレーンゲームで人形をつりあげるような、ぎこちないもち方になってしまう。ネコが抗議するように低く鳴き、身をくねらせた。

「ごめん。ちょっと我慢して」

へっぴり腰でそろそろと部屋を出て、一階へ。

（とりあえず外へ出してやれば家に帰るかも）

ダイニングキッチンにある裏口の前まできたところで、我慢できなくなったのか、ネコが暴れて床に飛びおりた。

「あ！　待って！」

一直線に階段を駆けあがっていく。追いかけると、彼女は遼のベッドの上で乱れた毛並みを整えていた。

「うう～」

エサで釣ろうにも、カップラーメンと調味料、生米しかない。

腕を組んで数秒悩んだ末、遼は再び一階へおり、裏口の脇にある窓を細く開けた。

(帰りたくなったら、ここから出てもらおう)

自分の部屋の扉も全開にしておき、ベッドに近づいていく。白ネコは相変わらずベッドの真ん中に座り、遼を見あげていた。

「えぇっと……。ぼく、眠りたいんですけど」

「ニャウ」

訴えが通じたのか、彼女が枕元へよけてくれた。ただし、ベッドからおりようとはしない。

(一緒に眠って、寝返りをうった拍子に押し潰しちゃったらどうしよう。ネコ用の寝床を用意したほうがいいのかな？　いっそぼくが床で寝るとか？)

祖父の部屋へいくという選択肢もあるけれど、あれこれ思い出して眠るどころではなくなりそうだ。

途方にくれて立ち尽くしていると、ネコがじれたように「ナ、ナ！」と鳴き、前脚で枕を叩いた。まるで早く横になれと言っているかのようだ。

(あー、もういいか)

いい加減、悩むのもイヤになってきた。

（どうせ今夜も眠れないだろうし）

祖父が亡くなってから、睡眠不足の日が続いている。体は疲れているのに、心がざわついて寝つけない。ようやくまどろんでも眠りは浅く、足がガクンと引っ張られるような感じがして、すぐに目が覚めてしまうのだ。

（こんな状態じゃ、寝ぼけて潰す心配もないだろう）

なにかあった時すぐ対応できるように、豆電球だけをつけっ放しにしてベッドに入る。できるだけネコから離れ、壁に背中をくっつけるようにして横になった。すぐさま彼女が近づいてきて、遼の顔のそばに丸くなる。

（近い……）

しかし、壁のせいでこれ以上離れられない。

「あの、向こうへいっていただけませんか」

うっかりネコに敬語で話しかけてしまった。彼女は「ニー」と細い声で鳴いただけで動かない。

（も～）

諦めて目を閉じる。同時に、あの構文が脳裏をよぎった。

One morning I awoke to find myself famous.

『ある朝目覚めたら、私は有名になっていた』

眠ろうとするたびに、自動的に現れる一文。暗記は苦手なはずなのに、これだけは忘れられない。毎晩、お祈りみたいに繰り返して……。

(明日、目が覚めたら、前の家に戻っていたらいいのに)

そして、祖父がいつものように味噌汁を用意して、起こしにきてくれるのだ。彼はパンでもご飯でも、朝食には味噌汁がないとダメだった。ちなみに、卵を焼くのは遼の役目だ。厚焼き卵、ベーコンエッグ、チーズ入りのふわふわオムレツ、絶妙な半熟加減のゆで卵、ニラたま炒め、ポーチドエッグ……、卵料理なら誰にも負けない自信がある。

(賢蔵さんに会いたい)

突然倒れ、意識が戻らないまま逝ってしまったから、最後の会話もよく思い出せない。さよならも、ありがとうも言えなかった。

(「おじいさん」と呼ぶことだって……)

ズキリと胸が痛む。

遼は祖父のことを、出会った当初は「坂垣さん」、自分も同じ苗字になったあとは「賢蔵さん」と名前で呼んでいた。他の孫たちのように、「おじぃちゃん」や「賢じぃ」と、気安く呼びかけることができなかったのだ。

（あんなに優しくしてもらったのに……）

完全に心を開くことができなかった。祖父を信じることができなかった。

最期まで母の話題を避け、「おじいさん」と呼べないまま……。

（一度くらい、呼んでみればよかった）

そして、きいてみればよかった。

「おじいさん、ぼくのこと本当はどう思ってる？　……好き？　それとも、嫌い？」

「ぼくは、おじいさんのことが――」

再びズキリと胸が痛み、歯を食いしばる。

（――）

とっさに手を伸ばしかけ、途中で動きを止めた。

（……そうだ。オートマタは、返したんだった）

本当に一人になったのだと思い知り、目の前が暗くなった。

あの美しい音色が、無垢な瞳が、愛らしい仕草が、ひどく懐かしい。

（ダメだ）

泣いてはいけない。不幸に酔っているようで、涙を流すのは好きではなかった。それに、泣いたら心が折れてしまい、二度と立ち上がれなくなりそうで……怖かった。倒れても、もう助け起こしてくれる人はいないのだ。

（賢蔵さんのことは悲しいけど、でも、ぼくはラッキーなほうなんだ）

ぎゅっと手を握り、己に言いきかせる。子どもの頃の生活を思えば、どこかでのたれ死んでいても不思議ではない。

（賢蔵さんや周りの人に感謝して、もっと頑張らなきゃ。明日は挨拶まわりして、内装仕上げて、帳簿とプライスカードを――）

生あたたかいものが頬に触れ、遼は「ひゃっ」と声をあげた。

驚いて目を開けると、ネコの顔がさらに接近していた。開いた口からピンクの舌がのぞいている。犬はともかく、ネコになめられたのは初めてだ。小さな舌は犬よりもざらつき、乾いていた。

（なんで？）

起きあがろうとしたが、立て続けに額をなめられ、仕方なく枕に頭をつける。

（なにかついてる？　ちゃんと洗ったよね？　ぼくっておいしそう？）

混乱する耳に、ごろごろと喉を鳴らす音が届いた。

（動物の本能とか、習性ってヤツかな？　ネコってこういう生き物なの？）

ごろごろ、ごろごろ……低く、満足気な音。きいているうちに、なんだか眠たくなってきた。

（……？）

不思議に思ったけれど、疑問さえも睡魔にまぎれて消えていく。

その時、下からキィと小さな音がきこえた——ようだった。

それだけなら特に気にしなかっただろう。しかし、間もなくベッドがきしんで、誰かが腰かけたように思えた。さらにふわりと甘い香りが漂ってきて——。

「うぎゃあっ！」

うっすらと目を開けた遼は、今度こそ大声をあげた。

互いの鼻がくっつきそうな至近距離に、ネコ——ではなく、女性の顔があったのだ。豆電球のわずかな明かりでは、表情まではわからない。いや、表情など確認している心の余裕はなかった。

遼の声に驚いて身を引いた相手を突き飛ばし、ベッドから飛びおりて壁のスイッチへ走る。

「だだだ、誰だ！」

パッと明かりが灯り、一瞬目がくらんだ。ベッドの脇に白い塊を見つけ、ネコが化けたのかと思った。——が、すぐに人だと気づき、遼はあんぐりと口をあけた。

「あなた……遠江さん！　なにやってるんですか！」

突き飛ばされたせいだろう。床に尻もちをついているのは、昼間オートマタの持ち主だと名乗り出てきた、遠江きらだった。

ちなみに白ネコのほうは、遼の大声に驚いたのか、開いていたドアから廊下へと逃げていった。追いかけようか迷ったものの、とりあえずきらを優先する。

「こんな時間にどうして……いったい、どこから……」

「せっかくですので、眠り姫の真似事など」

「？」

きょとんとし、数秒考えてようやく最初に自分が叫んだ「なにやってるんですか！」の答えだと理解した。

「それって配役が逆なんじゃ……。っていうか、そのカッコ……」

彼女は純白の、それは見事なドレスを着ていたのだ。大きく開いた胸元に白いバラの花が並び、腰にはリボン、ふんわりと広がった裾にはレースがふんだんに使われている。さらに両手には、二の腕まである白い手袋をつけていた。

（見間違いじゃなければ……ウエディングドレス……だよね？）

長い黒髪は綺麗に結いあげられ、ハートのティアラがキラキラと輝いている。首には細い鎖（くさり）にシルバーの玉がついた、一風変わったネックレス。右手には、ピンクの花を基調とした見事なブーケ……。もう、このまま結婚式場に直行してもよさそうなくらい、完璧な花嫁の装いだ。

驚愕（きょうがく）に言葉もない遼の前で、きらが立ちあがり、丁寧（ていねい）に頭をさげた。

「すっかり遅くなってしまい、申し訳ありません。張り切りすぎて、支度に少々手間取りました」

「はぁ？」

確かに、今夜、支度をしてからうかがうと言っていたけれど……。

「お店がすでに閉まっていて、チャイムを鳴らそうとしたのですが見つけられず……。山瀬さんに事情を話して合鍵をお借りし、裏口から入らせていただきました」

「そ……うですか」

気軽に合鍵を渡した山瀬氏をこっそり恨む。貴重な睡魔を返してほしい。オーナーの娘のお願いでは、断れなかったのだろうか。せめて電話で知らせてくれたらよかったのに。

「で、ご用件は？」

「はい。こちらを」

彼女はドレスのポケットと思われる辺りから、封筒を取り出した。

「どうぞ。お受け取りください」

両手で丁重に差し出され、若干警戒しつつ近寄る。封はされていない。目でうながされ、たたまれていた紙を中から取り出して広げてみた。

「えっと、婚姻と……えぇえええぇ？」

左上にくっきりと『婚姻届』と書かれている。しかも、半分記入済みだった。

「なななんですか、これ？」

「婚姻届です」

「それは見ればわかります！」

頭痛がしてきた。

「これを受け取れって……どういうことですか？」

きらがいぶかしげに小首をかしげた。

「遼さん、ウェブサイトをご覧になったんですよね？」

「はぁ、一応」

この会話、昼間もした記憶がある。念のため、遼はもう一言つけ加えた。

「『エデン』について、スマホで軽く調べました」

「え」

きらの顔が強張る。

「オルゴール館のサイトは……」

「見ていません」

「まぁ！」

さっと青ざめ、続いて彼女は首まで赤くなった。

「で、でも、じゃあ……、できるだけ早くしたいとか、おじい様も喜ばれるとおっしゃっていたのは、なんだったんですか？」

「あれは、店のオープンのことですけど」

「〜〜〜〜〜〜〜〜！」

きらの口から、声にならない悲鳴がもれた。今や、全身が茹でダコのように真っ赤になり、しかもプルプル震えている。

「そそそ、うだったんですか。わ、私、てっきり……ご承知だとばかり……」

「だから、なにを？」

「おおおお……お気になさらず……。わわ、私、帰ります」

ブーケで顔を隠し、カニ歩きでそろそろと移動していく。明らかに様子がおかしい。

「ちょっと。結局なにしにきたんですか？」

引き止めようと肩をつかんだ時、バタバタと足音がして、開けっ放しの扉から複数の人間が駆け込んできた。

「きら、無事か！」

「早まるな！」

「二人とも、落ち着いて〜！」

先頭にいるのは、がっしりとした背の高い男だった。短く刈り上げた髪に日に焼けた肌、ジーンズにTシャツという服装だ。その後ろに、小柄な男が続いている。サラサラの茶髪に涼しげな目元、色白で整った顔立ち、服装はボーダーシャツにカーゴパンツ。最後に入ってきたのは女性だった。髪はショートで、血色のよい肌、大きな二重の瞳、ハーフパンツに小花がプリントされたチュニックを着ている。

「てめぇ！」

先頭の刈り上げ男が、きらの肩に手を置いている遼を見て、血相を変えた。

「その手をはなせ！」

ポカンとしている間に襟首をつかまれ、きらから引き離される。目前に拳がせまった。

（うそ！　なんで？）

安眠を妨害された上に、殴られなければならないのか。

「やっちまえ、アツ！」

後ろから茶髪男が叫ぶ。

「違うの、篤兄さん。やめて！」

きらが遼と刈り上げ男の間に割り込もうとして——ドレスの裾を踏んづけた。

「ひゃ！」

ピンクの花束が、ブーケトスのごとく宙に舞う。ビタンと大きな音がして、彼女が床に思い切り鼻を打ちつけた。

「きら！」

おかげで刈り上げ男の拳は、遼の頬にめりこむ寸前で止まった。

「大丈夫か？」

「きらちゃん、しっかり！」

駆けつけた三人が彼女の周りに膝をつき、助け起こしにかかる。

遼は天井を仰いだ。

白ネコ、ウエディングドレス、ナゾの男二人に女一人……。

「誰か……説明して」


「結婚です」

一階のダイニングキッチンに移動したきらが、衝撃の一言をあっさりと口にした。

「私は、ララを──あのオートマタを見つけてくださった方と結婚すると、オルゴール館のウェブサイトでお約束していたのです。もちろん、相手が独身男性で、嫌でなければの話ですけれども」

スマートフォンをいじっていた遼は、問題の文章を見つけ、こめかみに手をあてた。

「本当にある……」

頭痛がしてきた。

『諸事情により、とある人形を捜しています。高さは三十センチくらい。緑の服を着て、木の台に座っている女の子の人形です。オルゴールが内蔵されており、ゼンマイを巻くと曲が流れて動きます。見つけてくださった方には、できる限りのお礼を——お嫌でなければ、結婚してもかまいません』

「なんで結婚なんて……」

二度読み返し、遼はあきれてため息をついた。

「変なヤツが現れたらどうするつもりだったんですか」

「遼さんは変なヤツではありません」

即座にきらが否定する。嬉しい一言だが、ちょっとズレているような……。

「いや、そういう意味じゃなくて……」

彼女はきいていないようだった。床に打ちつけた鼻に濡れタオルを押しあて、恥ずかしそうにうつむく。

「てっきりご覧になっているとばかり……。もっときちんと確認すればよかったですね」

「…………ですね」

他に、どう答えられるというのだろう。

「プロの探偵に頼んでも見つからなかったんだから無理だろうって、放っておいたんだが」

　刈り上げの男がつぶやく。彼は裏口の脇にもたれていた。ダイニングキッチンには二人分のイスしかなく、きらとショートヘアの女性がそれぞれ座っている。遼はテーブルの脇に立っていた。

「やっぱり、止めるべきだったね～」

　シンクに寄りかかっていた茶髪の男が肩をすくめる。キザな仕草なのに、整った顔立ちの彼がやると、ごく自然にカッコよく見えた。

　遼はそっと口をはさんだ。

「あの、あなた方は……」

「あぁ、自己紹介がまだだったな。俺は遠江篤。二十五歳」

　刈り上げ男が軽く右手をあげる。

「きらの従兄(いとこ)だ。ガラス職人で、工房をやってる」

「俺は遠江京平(きょうへい)、十九歳。同じくきらの従弟(いとこ)でパティシエだよ。よろしくね」

　茶髪の男が、ひらひらと手を振る。

「あ。私は血縁ではありません」

　ショートヘアの女性がペコリとお辞儀をした。

「内山雪菜(うちやまゆきな)。服飾デザイナーです。ショップやってて、きらちゃんのドレスをつくりました」

「ごめんなさい、雪菜さん。ドレス、ムダになっちゃった」

しかも、ちょっと汚れちゃった。と、きらが涙目になる。

「いーよいーよ。こっちこそ、ごめん。二人のナイトにバレちゃって。オルゴール館が閉館したのに、きらちゃんが屋敷に戻ってないようだ。電話にも出ないって、押しかけてこられちゃってさ。誤魔化したんだけど、仕上げた直後だったし、端切れやらメイク道具やらが散乱してて……。極めつけに、きらちゃんが脱いでいった服を見られちゃって」

「要するに」

遼は再び口をはさんだ。

「篤さんと京平さんは、きらさんが結婚すると勘違いして、慌てて止めにきて、雪菜さんはお二人の暴走を止めにきたんですね？」

篤がくわっと口をあけた。

「お前みたいなモヤシに、きらはやらん！」

声も体も大きくて、頑固。今時珍しい熱血漢タイプのようだ。

「モヤシって……」

確かに彼のような筋肉はないけれど、ひどすぎるたとえだ。茶髪男、京平もそう思ったのか、「アツ」と低い声で制した。

「食べ物をバカにしないでくれるかな。モヤシはビタミンCやカルシウムを多く含み、肝機能を高める効果がある。しかも、食物繊維が豊富で便秘にも効く上、安価だ。こんな影の薄い野郎より、よっぽど役に立つ」

一息つき、彼は氷のような眼差しで遼をにらんだ。

「おい、お前。モヤシに謝れ」

遼はズキズキする左右のこめかみを両手でもみ、目を閉じた。

「……あの、帰ってもらえませんか？」

もう少しで、なにかがキレそうだ。

篤が軽く咳払いした。

「じゃ、お前に結婚の意思はないんだな？」

「ありません」

きっぱりうなずくと、きらの肩がピクッと震えた。

しまった、即座に断ったらかえって失礼かと、冷や汗をかく。案の定、篤の額に青筋が浮かんだ。

「貴様、きらに女性としての魅力がないってか！」

「そうじゃなくて！　ぼくはまだ十八歳ですよ！　祖父も亡くなったばかりだし、お店だって上手くいくかどうか……。自分のことだけで精一杯なんです！」

『祖父』という単語をきいた途端、篤の血走った目に理性が戻った。

「そっか、お前、坂垣さんのお孫さんだったな……。いい人だったのに、残念だった。先にお悔やみを申し上げるべきところを……、失礼した」

「……………いえ」

軽く頭をさげられ、今さらながら祖父の人望の厚さに感謝する。彼は昔から部下や仲間に慕われ、尊敬されていた。初めて会った相手とも、数分で友人になってしまうような人だった。誠実な態度や明るい雰囲気が、他人をひきつけたのだろう。

「帰ろうか」

　きらたち四人は、裏口ではなく店舗の出入り口から外に出た。辺りは真っ暗で、夜空に丸い月が浮かんでいる。篤と京平が、ポケットから手の平サイズの懐中電灯を取り出した。

「遅い時間にごめんね」

「お邪魔しました～」

　雪菜がすまなそうに頭をさげ、京平がひらりと手を振る。篤が遼に向き直った。

「本当にすまなかったな。頭に血がのぼっちまって。お詫びになんでも手伝うよ。困ったことがあったら言ってくれ」

「ありがとうございます」

「これからよろしくな」

大きな手で遼の肩を叩き、去っていく。当人は軽く叩いたつもりだろうが、けっこう痛かった。

「あの……」

横から蚊の鳴くような声がして、遼はきらがまだ残っていたことに気づいた。彼女も、懐中電灯を手にしている。

「申し訳ありませんでした。私の早とちりで……なんとお詫びしたらよいか」

「いいんです。もう気にしないでください」

「これ……」

きらが首にさげていたネックレスを外し、差し出してきた。

細い鎖に直径二センチくらいのシルバーの玉がついている。よく見ると、月と星の模様が描かれていた。

「オルゴールボールです。ヒーリングボールやハーモニーボールとも言いますが……。中に櫛(くし)状の鉄の歯が並んでいて、こうやって振ると金属片が歯にあたって、綺麗な音がするんです」

手の平に載せて、円を描くように動かす。やわらかな音色が響いた。

「お詫びというわけではないのですが……。その……」

差し出してから、後悔したようにうつむく。

「ごめんなさい。こんなの渡されても……、困りますよね」

「いえ、ありがとうございます」

引っ込められる前に受け取って、目の前にかざした。店内の明かりに照らされて、銀のボールがきらきら光る。小さく振ると、ちりちりと星のような音がした。

「綺麗ですね」

きらがほっとしたように肩の力をぬいた。

「きらー！」

暗闇から、篤の声がする。

「今いきます！」

肩越しに答え、きらが丁寧に頭をさげた。

「お騒がせして、すみませんでした。おやすみなさい」

背を向け、歩き出す。

「きらさん」

遼は思わず声をかけていた。後ろ姿が、どこかしょんぼりしているように見えたのだ。最後まで泣きそうな顔で謝ってばかりだったし。

「？」

振り返ったきらに、笑いかける。

「言い忘れてましたけど、そのドレス、すごく似合ってます」

「――」

きらの目が、驚いたように大きくなった。白い頬に赤味がさし、ふわりと微笑む。

「ありがとうございます！」


（はぁー）

軽やかにヒールを鳴らして暗がりに消えたきらを見送り、遼は右手で左肩をもんだ。

（疲れた……）

『エデン』にきてたった半日なのに、あまりの目まぐるしさに眩暈がする。

(ぼく、ここでやっていけるのかなぁ。すごく不安……)

よろよろと店内に入り、きっちり戸締まりを確認して明かりを消す。

(あ)

そこで今さらながら気づいた。

(合鍵、返してもらってない。──まぁ、いいか)

カウンターの奥にある引き戸から、ダイニングキッチンへ。ここも明かりを消して二階へ。

(そうだ。ネコのことも忘れてた)

姿が見えないから、無事に外へ出たのだろう。

重い足をひきずり、階段をのぼる。

(今日こそよく眠れそう。眠るっていうか、気絶しそう？　その意味では感謝──)

自分の部屋の扉を開けた途端、中から腕が伸びてきて、襟をつかまれた。

「！」

そのまま前に引き倒され、顎(あご)をしたたかに打ちつける。握っていたオルゴールボールが手から落ち、小さな音をたてながらどこかへ転がっていった。

バタンと扉が閉められ、廊下の明かりが遮(さえぎ)られて真っ暗になる。慌てて起き上がろうとした背中を、誰かに踏まれた。

(今度はなに?)

混乱している間に両手を背中に回されそうになり、夢中で暴れる。身をよじり、おおいかぶさってくる人影に向かって拳を振り回した。

「!」

手ごたえがあり、相手がひるんだ。素早く上半身を起こし、顔と思われる辺りにもう一度、力いっぱい拳を叩きつける。

「うっ」

低いうめき声があがり、手が離れた。

急いで立ち上がり、扉を開ける。——が、廊下へ出る前に、腰の辺りにタックルされ、再び転倒してしまった。さらに後頭部を殴られ、体から力がぬける。あっという間に両手を後ろに回され、手首をヒモのような物で縛られてしまった。

「誰か——」

懸命に顔をあげ、叫ぼうとした口に、なにかが突っこまれた。やわらかい——丸めたタオルだろうか。息がつまり、ぞっと鳥肌が立つ。

部屋の中に引きずり戻され、扉から見て右手の壁に背中を押しつけられた。

「っ！」

「騒ぐな」

　ここでようやく遼は、侵入者をまともに見た。

　廊下から差しこむ明かりしかない薄暗い部屋で、しかも相手は目出し帽をかぶっていたため、人相はわからない。口の部分が布でおおわれ、声がくぐもっているが、男のようだ。服装は黒っぽいシャツとパンツ。体型は中肉中背。革の手袋をつけている。

「手間かけさせやがって、このチビが」

　もやしの次はチビときた。しかし、ショックを受けている場合ではない。

「大声を出したら殺すぞ」

　男は左手で遼の胸倉をつかみ、少し浮いた背中を再び壁に強く押しつけてきた。さらに右手でナイフを取り出し、ご丁寧に、白く光る刃を目の前にかざしてから、喉につきつけてくる。

「一言でも叫んだら刺す。わかったな？」

「――」

　コクコクとうなずく以外、なにができるだろう。男がナイフの先で口に突っこまれていたタオルを取り除いた。遼は大きく息を吸った。

「人形はどこだ」

前置きなしで相手が尋ねてくる。タオルを取ったのは、答えをきき出すためらしい。

「？」

混乱した遼は、『人形』がなんのことかわからなかった。途端にナイフが左耳をかすめ、壁に突き立てられた。

「答えろ！」

肌をさすような殺気に、遼は震え上がった。

「に……んぎょうって、なに？」

「店の窓に飾ってあったヤツだ。どこへやった！」

「あ」

オートマタのことだ。

（どうしてこんなヤツが……）

乱暴で、とても女の子の人形を欲しがるように思えない。あれが珍しく高価な物だと知っているのだろうか。

「持ち主に返した」と正直に言ってしまいそうになって、遼は口を閉じた。教えてはいけないような気がしたのだ。

（こいつがもし、きらさんの所へいったら……）

いや、確実にいくだろう。

しゃべらない遼に苛立ったのか、男がナイフを壁から抜き、ペタペタと頰を叩いてきた。

「おい、さっさと吐け。刻むぞ」

「こ、壊れた……から、修理に……出した……」

あまりにも下手なウソだったが、相手は信じたようだった。あるいは、確かめればすぐにわかると思ったか。

「修理屋の名前は？」

「え……っと」

「ぐずぐずするな――」

だしぬけにパッと部屋の明かりが灯り、遼の目がくらんだ。

「なにやっとんじゃ、貴様！」

ぶっとい怒声をあげ、篤が突進してくる。ナイフが見えないはずないのに、一片の躊躇もない。気迫におされたのか、遼と同じく明かりで目がくらんでいたのか、男の反応が遅れた。

篤が男の右手首をつかみ、ナイフを遼から遠ざけるようにひねる。

「このっ！」

二人がもみあいになり、遼はずるずると床に座りこんだ。

（助かった！）

なぜ戻ってきたのかわからないが、危機一髪だった。

篤が男の顔に頭突きし、相手の手からナイフが落ちる。ベッドのほうへ滑（すべ）っていったナイフを篤が追いかけ、拾いあげた。

「篤さん！」

「動くな！」

遼と男の叫びは同時だった。体ごと振り返った篤が、ぴたりと動きを止める。

男が、遼の首筋に新たなナイフを押し当てていた。要するに、二本用意していたのだ。

他にもまだ武器を隠しもっているかもしれない。

「卑怯（ひきょう）な……」

篤が悔しげに顔をゆがめる。緊迫した空気が漂う中、廊下からぺたぺたと足音が近づいてきて、ひょいと誰かが顔をのぞかせた。

「ねぇ、ちょっと。なにバタバタやってんの……って、……え？」

京平だ。さすがにまずいと思ったのか、途中で口をつぐみ、くるりと回れ右をする。

「ごめん、邪魔した。出直すわ」

「待て！」

ごく自然に逃亡しようとした京平を、目出し帽の男が大声で止める。

「動くな！　動けばこいつを殺すぞ！」

「うわ～。めんどくさ～」

ブツブツ言いつつも、両手をあげる。――と。

「どうしたの？　すごい音がしたけど」

雪菜が京平の横に並んだ。こちらをのぞきこんで、あっと息をのむ。

「え？　え？　どういうこと？」

「動いちゃダメだってさ」

京平が顎で男を示し、大仰にため息をついた。

「だから戻るのやめようって言ったんだよ。忘れ物なんて、明日でよかったのに」

篤もナイフを捨てて両手をあげ、顔をしかめる。

「仕方ないだろう。万一あれが悪用されたら、大変なことになるんだぞ」

「薄っぺらのペラペラくんに、そんな度胸ないって」

「こいつは無害でも、他の誰かの手に渡るかもしれんだろ。世の中、なにが起こるかわからん。一寸先は闇だ」

「その点においては異議なしだな。今がまさしくそれだし」

遼には意味不明の会話だが、一つだけわかったことがある。

(薄っぺらのペラペラくんって……ぼくのこと？　だよね？)

さらりとひどい。モヤシやチビのほうが、まだましだ。

(だいたい、この状況で呑気にしゃべりすぎじゃない？)

「うるさいぞ、お前ら。黙ってろ！」

目出し帽の男も同感だったのか、怒鳴る。手に力がこめられ、ナイフの刃が肌にくいこんで痛みが走った。

「っ」

思わず目を閉じた遼の髪をつかみ、男が尋ねた。

「さっさと答えろ。人形をどこへやった」

「『人形？』」

黙っていろと命令されたばかりなのに、篤と京平がきき返す。余計な話をされる前に、遼は慌てて声を張りあげた。

「だから！　修理に出し――」

「どこへ出したときいている！」

「それは……」

「私がもっています」

細いけれどりんとした声が響き、遼はビクリと体を震わせた。

（まさか——）

京平と雪菜の隣に、ウエディングドレス姿のきらが立っていた。

彼女は遼を見てさっと青ざめ、唇を引き結んで目出し帽の男をにらんだ。

「遼さんから手をはなして。あのオートマタ……人形が欲しいなら差しあげます」

「オートマタって！」

「まさか！」

篤と京平が動揺したように叫ぶ。遼も声を張りあげた。

「ダメです！　あれはお母さんの形見じゃないですか！」

せっかく十年ぶりに戻ってきたのに。

「かまいません」

彼女の決意は揺るがなかった。ぴんと背筋を伸ばし、言い切る。

「命より大切なものはありません」

そこのあなた、と男を指差す。

「人形はここにはありません。私のオルゴール館に保管してあります。五分で取ってきますから——」

「待て！」

階段へ引き返そうとするきらを、男が止める。

「こいつら三人を縛っていけ」

彼は、ウエストポーチから荷造り用のヒモを取り出し、きらに放った。

彼女は不満そうに唇をとがらせたが、篤がうなずいたのを見てヒモを手に取った。その間に、男は遼をひきずって、デスクの置いてある窓際までさがった。いざとなったら窓から逃げる気だろうか。

京平たちは、扉から見て左側の、篤のいるベッドのそばに集まるように命令された。

「念のため、足も縛れよ」

彼は準備万端整えてきたらしい。ヒモは、あらかじめ二メートルほどの長さに切られており、縛りやすくなっていた。

「——これでいいですか？」

三人の手足を縛り終えたきらが、立ちあがる。

「いいだろう、いけ。ただし、通報はするなよ。助けなんか呼びやがったら、こいつらの命はないからな」

「そんな卑怯なことはしません」

彼女は遼を見て、「大丈夫」というようにうなずいた。遼は唇をかんだ。

（こんなヤツに、大切な形見を渡しちゃいけない。なにか方法は——）

しかし、妙案は浮かばず、きらは驚くほど早く戻ってきた。走ってきたようで、綺麗に結い上げた髪は乱れ、額にじっとりと汗をかいていた。

「さぁ、どうぞ！」

十年ぶりに戻ってきたオートマタのララを差し出す。

「差しあげますから、遼さんをはなして！」

「そこに置け！」

近寄ろうとするきらに、男が怒鳴る。彼女は部屋の中央辺りの床に、オートマタをそっと置いた。

「さがれ！」

篤たちのほうを指差され、両手をあげてベッドのそばまで移動する。

きらが離れるのを待ってから、男は遼の首に腕を回し、引きずるようにしてオートマタに近づいた。片手で乱暴に鷲づかみにして、つくづくと眺める。

「間違いないようだな」

「遼さんをはなして！」

それだけは絶対に譲れないというように、きらが叫ぶ。男は答えず、遼を連れて廊下へ出た。そのまま階段へ――。

「待って！」

きらが血相を変えて追いかけてくる。

「約束が違――」

「ほらよ！」

階段の手前で思い切り背中を押され、バランスを崩した遼は、駆けてきたきらにぶつかった。

「わ！」

支えきれず、きらが尻もちをつく。その間に男は階段を駆けおり、バタンと裏口が閉まる音がした。やがてエンジン音が遠ざかっていく。

（形見……もっていかれた……）

遼の胸がズキリと痛む。

（ぼくのせいだ）

「遼さん！　大丈夫ですか？」

耳元できらの声。

体が重くて動かない。視界が急速に暗くなる。意識が遠のく中、遼は懸命に唇を動かした。

「ごめん……なさい……」

機械人形（オートマタ）の暗号

夢を見ていた。

十年前の、あの日の夢を。

気持ちが悪い。ムカムカする。

「うえ……」

洋式トイレに駆けこみ、八歳の遼(りょう)は朝食べたものを残らず吐き出した。

胃が引き絞られるように痛み、上手(うま)く息ができない。目尻に涙が浮かんだ時、背後でコツコツと音がした。

「！」

誰かがトイレの扉を叩(たた)いている。家の人はいないと思っていたのに……。

慌ててトイレットペーパーで口をぬぐい、水を流す。

(早くしなきゃ。怒られる)

「大丈夫かい？」

やわらかな男性の声。遼は熱でふらつく足を踏ん張り、立ちあがった。

「ごめんなさ……い」

扉を開けると、出てすぐの所に初老の男性が立っていた。見たことのない人だった。

ここはコーポ野原(のはら)の二〇一号室だ。六畳(じょう)の和室が二部屋に小さなキッチンと風呂場、トイレがあって、住人は若い男女と遼の三人だけ。もっとも男女はほとんど家におらず、今も姿が見えない。

つまり、どこの誰ともわからない侵入者と、家の中で二人きり……。

どうやって玄関の鍵を開けたのだろう。泥棒だろうか。

それでも遼は、にっこりと笑った。

「こんにちは」

初老の男性は戸惑(とまど)ったように瞬(まばた)きし、身を屈(かが)めて遼の顔をのぞきこんできた。

「初めまして。遼くん、だよね？　エリナおばさんから話はきいてる？」

「……？」

「きいてない……かな。実は今日、きみを迎えにいく約束をしてたんだよ。けど、おばさんの都合が悪くなったみたいでね。植木鉢の下に鍵を隠しておくから、勝手に入るように言われて……。ごめんね、驚いたろ」

「いいえ、大丈夫です」

正直、彼の言うことはまったく理解できなかったけれど、とりあえずハキハキと答える。明るく元気に、そして礼儀正しく振る舞っていれば、たいていの大人は満足してくれる。メソメソ泣いたり、騒いだりしてはダメだ。それは、長い間他人の中で暮らしてきた遼が身につけた処世術だった。

吐き気をこらえ、脂汗（あぶらあせ）を浮かべながらニコニコ笑っている遼を、男がじっと見つめてくる。

「具合が悪いのかな？」

「いいえ、大丈夫です」

「病院にいこうか」

「いいえ、大丈――」

ふわりと抱き上げられ、びっくりして言葉が途切れる。

「よしよし」

ごつごつした大きな手が、ぎこちないながらも優しく背中をなでてくれた。

「もう大丈夫だよ。なんにも心配いらないからね」

それが、祖父との出会いだった。

懐かしい夢に、胸が震える。

同時に、間もなく自分が目覚めることを知り、心が凍りついた。

One morning I awoke to find myself famous.

(ある朝目覚めたら——)

浅い眠りの中で祈る。

起きるはずのない奇跡を。

(もう一度、賢蔵さんに迎えにきてほしい)

無理だとわかっているのに、願うことを止められない。

One morning I awoke to find myself famous.

(なにを期待しているの)

最初からわかっていた。普通に考えれば、祖父は先に逝く。『いつか』が永遠に訪れないように祈り続けたけれど、やはりムダだった。

One morning I awoke to find myself famous.

少しずつ『落ちて』いく。

誰もいない暗闇（くらやみ）へ。孤独の底へ。
One morning I awoke to find myself famous.
（目覚めたくない）
奇跡は起きないから。
One morning I awoke to find myself famous.
（もう、一人はいやだ）

「やあ、おはよう」

「え？」

重たいまぶたをおしあげたら、目の前に中年の男性の顔があり、遼は驚いて瞬きした。

「山瀬（やませ）……さん？」

起きあがろうとして、左腕に違和感をおぼえる。点滴の管だ。ツンと消毒液の匂いが鼻をつき、レースのカーテンがかかった窓から、明るい光が差し込んでいた。

「ここは……？」

「病院だよ。だいたいの事情はきいた。災難だったね」

点滴の管を動かさないように、そろりと身を起こす。広々とした個室だった。

「ぼく……どうなったんでしょう？　どのくらい眠ってましたか？」

「一晩だけ。今、朝の九時だ。貧血ぎみなだけで、大したケガはないってさ」

首にガーゼがはってあった。ナイフをおしあてられたところだ。

昨夜の記憶が一気によみがえってくる。

「きらさん……他の人は？」

「無事だよ。朝ごはんを食べにいってる。さっきまでみんな、きみについていたんだよ」

「そうですか。よかった」

ほっと胸をなでおろした途に、山瀬氏が頭をさげた。

「すまない。ぼくが不用意にきらくんに合鍵を渡したせいで、いろいろ大変だったみたいだね」

「いえ。あの男は、合鍵で入ったわけじゃない……と思います」

山瀬氏が顔をあげる。

「あぁ、二階の――ベランダがある部屋があるだろう？」

祖父の部屋だ。

「そのガラス戸が壊されていたよ。専用の道具でスッパリ切られていた。あれじゃ、ほとんど音もしなかっただろう。ベランダの手すりには、縄ばしごかなにかを引っかけたあとがついていたらしい」

「警察には――」

「もちろん、届けたよ。現場検証は終わってる。けど、指紋は出なかったようだし、手がかりもないみたいだ。午後には新しいガラスが入る予定で……。そうだ。これ、着替え。スポーツバッグの中から、適当にもってきた」

「ありがとうございます」

遼は昨夜のパジャマのままだった。この格好で帰るのは辛(つら)い。

「お礼なんていいよ。怖かったろ。本当に申し訳なかった」

「いいえ」

あの場で合鍵をもっている四人が戻ってこなければ、もっとひどいめにあっていたかもしれない。逆に、助かったのだ。

だから気にしないでください、と言いかけて、ハタと気づいた。

「そういえば、山瀬さん。そもそも、なんできらさんに合鍵を渡したんですか？　せめてぼくに渡したことを教えてくれてもよかったじゃないですか」

店の固定電話とスマートフォンの番号を、ちゃんと伝えてあったのに。

「半分眠りかけていたところへ、いきなりウエディングドレスですよ。ビックリして、心臓止まりそうでしたよ！」

「いやぁ」

山瀬氏が頭をかく。

「だって、男の夢だろ？　鶴の恩返し的な……。ある夜、突然美女がおしかけてきて、嫁になるなんてさ。しかも逆玉の輿だし……。うらやましい。せいぜい驚かせてやれと思ってね」

ちらっと舌を出す姿は、まるでイタズラ好きな小学生みたいだった。

「だからって――」

「きらくん、綺麗だっただろ？」

「そりゃ、まぁ」

「あんな気合い入れてドレス着たのに、締め出しをくうなんて、可哀相じゃないか」

「………ですね」

「だからさ、ごめんね？」

両手をあわせられ、遼はとうとう笑いだした。

「わかりましたよ。でも、二度としないでくださいね」

笑顔を見て安心したのか、「ところで」と山瀬氏が顔を寄せてきた。

「結婚、断っちゃったってホント?」

「え……と」

率直にきかれて動揺する遼に、「あ〜あ」とつぶやく。

「本当なんだ。もったいない」

「もったいないって、そんな……」

「きらくん、いい子だよ〜。生まれた時から見てるけど、優しくて、頑張り屋で、料理上手で……。ちょっとズレてるところがあるのが、また可愛くてね」

「はぁ」

遼はあいまいにうなずいた。

「遼くん、しっかりしていて真面目そうだし。歳もきみが十八で、きらくんが二十歳の姉さん女房だろ?　いいと思ったんだけどな〜」

「きらさん、二十歳なんですか?」

大人っぽいがドジな一面もあり——ウエディングドレスがその最たる例だ——二つも年上だとは思わなかった。

「そうそう。すごかったよ。今年の誕生日パーティー！　財界の大物が集まって――」

　病室の引き戸が開き、きらが入ってきた。

「遼さん！」

　パッと顔を輝かせ、駆け寄ってくる。さすがに今日はドレスではなく、淡いピンクのブラウスと裾がふんわりしているスカートだった。あとから篤と京平、そして雪菜が入ってくる。山瀬氏が腰をあげた。

「じゃ、ぼくは仕事があるからいくね。点滴が終わったら帰れるはずだから。篤くんに送ってもらって」

「はい。ありがとうございます」

　ベッドの脇から、きらが遼の顔をのぞきこんできた。

「大丈夫ですか？　どこか痛いところは？　私が誰だかわかりますか？　あ、これは何本に見えます？」

　目の前で指をふられ、遼は苦笑した。

「一本です。――平気ですよ。みなさんも、ケガがなくてよかったです。助けていただいて、ありがとうございました」

「本当に、間一髪だったな」

篤が生きていることを確認するかのように、大きな手で遼の頭を乱暴になでた。雪菜が「大変だったね～」と笑いかけてきて、その隣で京平が偉そうに腕を組んだ。

「俺たちが戻ってきたことに感謝するんだな」

遼は忘れかけていた疑問を口にした。

「そういえば、みなさん、どうしてあの時、戻ってきたんですか？」

「忘れ物を取りにきたんだよ」

これだ、と篤が差し出してきたのは、なんと『婚姻届』だった。

「チャイムを鳴らそうか迷ったんだが、店の明かりが消えてたし、もう寝てると思ってな」

ちょうど返しそびれた合鍵をもっている。婚姻届は、ダイニングキッチンのテーブルに置いてあったはず。裏口からさっと入って、ささっと取ってこようという話になったらしい。

「勝手に、ごめんなさい。明日でいいって言ったんですけど」

きらが恥ずかしそうに首を縮める。篤がとんでもないと手を振った。

「バカを言え。婚姻届は役所で二十四時間受けつけているんだぞ。しかも、きらの分は記入済みだ。夜のうちに勝手に提出されて、朝目覚めたら人妻になってたなんて、冗談じゃない」

　遼は思わずふきだした。

（ある朝目覚めたら……の、新バージョンだ）

　鼻息の荒い篤の隣で、京平がクールに続けた。

「でもさ、いざ裏口から入ってみたら、テーブルになくて。——実は床の隅(すみ)に落ちてたんだけど、その時は気づかなくてさ。仕方なくアツが二階へ……。あとはきみも知っての通り。俺は、バタバタ音がするから様子を見にいって、雪菜さんがきて、最後にきらが……」

　その時の様子を思い出し、遼は「あ」と声をあげた。

「すみません。結局オートマタをもっていかれてしまって」

「いいんです」

　きらが即座に首を横に振る。その目には涙がたまっていた。

「遼さんが無事で、なによりでした」

「でも、お母さんの形見(かたみ)ですよね」

　しかも、十年ぶりにようやく戻ってきたのに。

「母の形見なら、もっといいものがあります。——ここに」

きらが自分の鼻を指差し、意味がわからずきょとんとしている遼に、照れたように笑う。

「私自身が、最大の形見です。少なくとも今までそう思って、大切にしてきました。だから心配はありません」

「――」

遼は、一片の躊躇もなくオートマタを差し出した彼女の姿を思い出した。外見は儚げなお嬢様だけれど、内面は揺るぎなく――強い。

「それに、謝るのは私のほうです。遼さんが襲われたのは私のせいなんですから」

「え?」

「まず、これを観ていただけますか?」

篤がカバンからポータブルＤＶＤプレーヤーを取り出した。イヤホンを渡され、耳につける。

電源を入れると、画面に若い女性が現れた。

「あ!」

思わず声がもれる。彼女のすぐ横に、あのオートマタが置かれていたのだ。

『きら、二十歳の誕生日、おめでとう』

女性が話し出す。肩の上で切りそろえられた黒髪に大きな黒い瞳。理知的で美しい人だ。

――ただ、かなりやせている。

『あなたがこの映像を観ている頃、私はもうこの世にはいないかもしれません。でも、大丈夫。私がいなくても、あなたはきっと強くて優しい女性に育ってくれていると信じています。だってあなたは、私の自慢の娘だから』

カメラを見つめる瞳が、一瞬強く光った。

一拍ののち、肩の力をぬいて彼女が笑う。花のような笑顔が、はっとするほどきらと似ていた。

『さて、きら。二十歳になったあなたに、私からプレゼントを贈るわ。二十歳は特別な歳だから、プレゼントも特別。――なんと、お母さんがお父さんからもらった婚約指輪よ。どんな指輪かは……、見てのお楽しみ』

小さく首をかしげ、にっこりと微笑(ほほえ)む。

『ただし、ただではあげないわ。なんたって、思い出の婚約指輪ですもの。ある場所に隠してあるから、頑張って見つけてね。隠し場所のヒントは――』

女性がオートマタを示す。

『この子にきいて』

彼女は愛(いと)しそうに人形の髪をなでた。

『このオートマタ、きらもよく知ってるよね？　あなたが十歳の誕生日に私がプレゼントした……はずのお人形』

はずっていうのはね、この映像を撮影している今日が、あなたの十歳の誕生日の前日なの。と彼女が言う。

『つまり、明日渡す予定。間に合ってよかったわ。気に入ってくれるかな？』

緑色のドレスの裾を直し、改めて視線をレンズに向ける。

『きら、あなたは賢い子だから、もしかしたらもうヒントに気づいて指輪を見つけてしまっているかもしれないわね。だとしたら、私——あら、ガッカリなんてしないわよ。むしろ鼻が高いわ。その場合は、私の振袖(ふりそで)を受け取ってね。お父さんに預けておくから』

胸の前で小さく手を振る。

『じゃあね、きら。私の自慢の娘。あなたに会えて私は最高に幸せだったわ。大好きよ』

映像は、そこで終わっていた。

遼が耳から外したイヤホンを、きらが受け取った。

「これは私の母、遠江(とおとうみ)さくらの、いわゆるビデオレターです」

篤がＤＶＤプレーヤーを片づける。

「母は、私が十歳の誕生日の前日にこの映像を撮り、翌日、予定通り私にオートマタをプレゼントし、その後、間もなく病気で亡くなりました」

不治の病であることは、かなり前からわかっていたのだという。

「私はこのＤＶＤの存在を最近まで知りませんでした。ずっと父が保管していて、二十歳の誕生日に送ってきてくれたのです」

母に、そうするよう頼まれていたそうだ。

「父は今ドバイにいて、パーティーに出席できなかったのです。だから、せめてＤＶＤだけでも、と」

いいエピソードだと思うのに、きらの表情はさえない。

「この映像が、誕生日パーティーの会場で流されてしまったんです。父は私一人で観るようにと伝言したらしいのですが、手違いで……。途中で慌てて止めてもらったんですけど、間に合わず……」

なにがいけないのかわからない遼の隣で、篤が補足した。

「きらの親父さんがお袋さんに渡した婚約指輪の値段は、一千万を超える」

「えぇぇぇぇぇ！」

さすが『株式会社遠江ホールディングス』の社長。

京平がつけ加えた。

「親族や友人なら、みんな知ってるよ」

篤が険しい表情で腕を組んだ。

「俺たちは、指輪が見つかるまで、オートマタを銀行の貸金庫に預けようとした。ところが、きらが肝心の人形をなくしたというんだ」

きらがうなだれる。

「ごめんなさい。私、母の映像を観るまで、ララのことはもちろん、なくしてしまったことも忘れていたんです」

「きいたこっちはビックリだよ。もともとちょっとヌケてるところがあったとはいえ……、普通忘れるかな？」

からかうというより心底不思議そうに京平が首をかしげる。きらが身を縮めた。

「ララをなくしたのは、ちょうど母が亡くなった時で、いろいろあって混乱してしまったんです。遼さんのことも覚えてなくて……。あっ、でも！」

ぱっと顔をあげる。

「遼さんは、よく私の夢に出てきてたんですよ！　顔はぼんやりしてましたけど、いつも優しくて、たくさんおしゃべりしました。イヤなことがあっても、遼さんの夢を見ると元気が出て、頑張れたんです」

うっとりと両手を組み合わせる彼女に、篤が不機嫌につぶやく。

「なんだ、そりゃ。初耳だぞ」

「だって、夢の中の子だと思ってたし……。だけど、この映像を観たら、すぐに全部思い出しました。夢の中の子は遼さんで、実在するんだって。ララは、あの時あなたの手に渡ったんだろうって」

「それなんですけど！」

遼は素早く口をはさんだ。

「いったい、なにがあってぼくの手に？」

「それは俺も知りたいな」

「同感」

篤と京平が興味津々に割りこんでくる。雪菜までもが、期待に満ちた眼差しをさらに向けた。

「――」

彼女は少し迷い、やがて思い切ったように口を開いた。

「母が入院していた病院で、偶然会ったんです」

「病院？」

遼は首をかしげた。

「ぼくも入院してたんですか？」

「いいえ。アパートの隣に住むおばあさんのお見舞いにきたと言っていました」

「あ！」

ぼんやりと思い出した。

祖父に会う少し前のことだ。その頃住んでいたのは、若い夫婦が暮らす小さなアパートだった。男性はほとんど家におらず、女性は日に一度は帰ってくるものの、食べ物を置くとすぐに出ていってしまう。遼は学校へ通う手続きもしてもらえず、毎日コンビニのおにぎりばかり食べていた。

そのアパートの隣の部屋に、おばあさんが一人で住んでいた。いつも淡い紫色のカーディガンを着て、灰色の髪を一つにまとめた、笑顔の優しい人だった。名前は——ミネさんだったか、ミカさんだったたか……。

彼女は、学校にもいかずフラフラしている遼を心配したのか、よく声をかけ、ご飯やお菓子をくれた。幼いながら「この人は頼れる」と感じた遼は、たびたびおばあさんの部屋を訪れ、掃除や買い物を手伝った。

「そうだ。そのおばあさんが、お風呂場で転んで骨折しちゃって……。ぼくは毎日お見舞いにいってて……」

　本当は、オヤツが目的だったのだが。

「そこで、きらさんに会ったんですね？」

「はい」

　しかし、ベッドに横たわったおばあさんや病院の売店の様子はうっすらと浮かぶのに、きらのことはまったく思い出せない。

「え〜っと、くわしくは、どんな感じで……？」

「それは、あの……」

　再び全員の視線を受け、きらが身を引く。

「また今度……ゆっくり……ということで……」

　頰(ほお)が赤い。

　遼は再度確認した。

「本当に、盗んだんじゃないんですよね？」

　途端に彼女がキッと顔をあげた。

「遼さんは、そんな人じゃありません！」

　両手を握って力説し、自分でも力みすぎたと思ったのか、コホンと咳払(せきばら)いする。

「と、とにかく、指輪のせいで迷惑がかかってはいけないと、八方手をつくして捜したのですが、なかなか見つからず……。あせったあげく、サイトにあんな書き込みを……」

与えられた情報を整理し、遼は頭をかいた。

「つまり、ぼくが襲われたのは……」

きらの顔が曇る。

「パーティー会場にいた誰かが、偶然窓辺に飾られたオートマタを見て、DVDに映っていた物と同じだと気づき、指輪を手にいれようと考えたのでしょう」

「ちなみに」

京平が人差し指を立てた。

「会場には百人を超える招待客がいた」

「百人も?」

啞然とする遼に、篤がうなずく。

「あぁ。きらの親父さんは不在だったが、会長であるじい様が出席していたからな。実際、遠江ホールディングスを仕切ってるのは会長だし」

「はぁ」

財界の大物が集まっていたという、山瀬氏の言葉を思い出す。

「息子連れで参加しているヤツが多かったよね〜。しかも、こぞってきらに引き合わせようとしてさ。あれじゃ、まるでお見合いパーティーだよ」

　京平の言葉に、きらの頬が強張る。ただし、パーティーが不愉快だったわけではなく——。

「お客様が多すぎて、遼さんを襲った犯人を絞れません。別の人に話している可能性もありますし」

　そちらが気になるらしい。

「オートマタが出窓に飾られていた時間は、そう長くなかったんですよね？　その間にお店の前を通過した人がわかれば……」

「エデンに防犯カメラってあったかな」

　篤が首をひねり、今まで大人しく口を閉じていた雪菜が答える。

「遠江さんのお屋敷の周辺とか、個人的にお店につけてる人はいるけど、それ以外はないんじゃない？」

「あー。そういえば」

　遼は、店の前にいた二人連れの女性を思い出した。

「写メを撮ってる人がいました」

　ブログなどにアップされたら、あの場にいなくても見られる。もし防犯カメラがあっても、犯人を絞りきれない。

きらが肩を落とした。

「せめて指紋でも見つかればよかったのですが……。前科があればすぐに素性がわかって、一刻も早く逮捕できるでしょう。そうすれば遼さんも安心できたのに」

遼は手を振った。

「ぼくのことはいいですよ。大したケガもなかったですし」

京平が「そうだよ」とうなずく。

「こんなペラペラくんは、どうでもいい。問題は指輪だよ。もし犯人に奪われてしまったら、さすがにまずいでしょ」

「いいえ、大丈夫です」

きらがきっぱりと言い切る。

「母が、高価な思い出の品をその辺に隠したとは思えません。最初から十年間は放置する予定だったんですよ？　きっとお屋敷のどこかでしょう。警備を強化すればすむことです」

すでに同居中の祖父が手配をしているという。

「最悪、指輪もオートマタも、見つからなくてもいいんです。誰かに迷惑さえかからなければ――」

「あ」

唐突に遼がつぶやき、彼女が言葉を止める。

「遼さん？」

呼びかけられ、じっと考えこんでいた遼は顔をあげた。

「あぁ、すみません。ちょっと思い出したことがあって……」

枕もとのナースコールに手を伸ばす。点滴は、もう残り少ない。

「もしかしたら、あれが役に立つかも」

篤たちが顔を見あわせた。

「あれって？」


「……あった！」

点滴を終え、山瀬氏がもってきてくれた服に着替えて『エトワール』に戻った遼は、真っ直ぐ自分の部屋へ向かった。デスクの横に置いていたスポーツバッグを開け、ノートの束を取り出す。

「なんだ、それ？」

一緒にくっついてきていた篤が、背後からのぞきこんでくる。

「祖父はアンティークの家具やアクセサリーなんかを修復したりするのが趣味で、ぼくも一緒に習ってたんです。これは、その方法を記録したノート」

数は十冊以上に及んでいる。

「原因はわかりませんが、あのオートマタは壊れていました。それを修復師の方に教えてもらい、直したんです」

人生で初めて修理した品だ。遼は迷わず一冊目の最初のページを開いた。幼い字が並んでいる。

「ってことは、つまり」

同じくついてきていた京平が、横からのぞきこんでくる。

「はい。もしかしたら、きらさんのお母さんが残したヒントが記録されているかも」

「でかした！」

篤に背中をどつかれ、よろめく。転びかけてなんとか踏ん張った視線の先に、小さく光る物があった。

（あ）

昨夜、男に襲われた時に落としたオルゴールボールだ。そっと拾いあげ、手の平で軽く転がしてみる。チリチリと星のような音が響いた。

（よかった。壊れてないみたい）

「おい、いくぞ！」

篤と京平が部屋を出ていく。遼はオルゴールボールを胸ポケットにしまい、ノートを手に一階のダイニングキッチンへ戻った。きらと雪菜がコーヒーをいれてくれていた。カップが二人分しかなかったため、湯飲み二個と計量カップを使っている。

前夜と同じく、きらと雪菜がイスに腰かけ、篤は裏口の脇に、京平がキッチンのシンクにもたれる。遼は女性二人の前にノートを広げ、篤たちに説明した内容を繰り返した。

「手がかりがありそうなのは有り難いけどさぁ」

京平が思い出したように口を開く。

「そもそも、オートマタはなんで壊れたの？　ペラペラくん、なにかやったの？」

「――」

遼が言葉につまり、きらがイスを蹴るようにして立ちあがった。

「遼さんのせいじゃありません！　遼さんに会う前に、壊れていたんです！」

「なぜだ？　きらは昔からオルゴールが大好きで、すごく大切に扱ってたじゃないか」

篤の問いに、彼女が少しだけ頬をふくらませた。

「とある人が……投げたんです」

「誰？」

篤と京平が身を乗り出す。告げ口するようで気がひけるのか、きらはかなりためらってから小声で言った。

「…………冬彦おじさん」

途端に、二人が「あぁ」と納得の声をあげる。

「やりそうだな、あの人」

「八つ当たりの名人だもんね～。ツボ壊したことあったでしょ。古伊万里の」

どうやら気性の荒い人物らしい。

遼は内心胸をなでおろしていた。

(ぼくが壊したんじゃなかったんだ。よかった)

気を取り直し、ノートの最初のページを指差す。

「えぇっと、どこが壊れていたかというと……、まず、カムが二枚外れていて……。あ、カムっていうのは金属の円板みたいなヤツで、人形を動かす道具です」

オルゴール館の館長であるきらが補足する。

「カムの大きさや形によって、人形の動きが変わるんですよ」

彼女は遼のノートをつくづくと眺め、感心したようにため息をついた。

「図解まで……よく記録されているんですね。すごくわかりやすい。他に直したのは、シリンダーですか？」

シリンダーは金属の筒で、音符情報のピンがいっぱい埋めこまれている。この筒が回転し、ピンが櫛の歯と呼ばれる金属の板を弾いて音が出るのだ。

「はい。ピンがいくつか欠けていたので、新しくはめました」

「ここ、走り書きがありますね」

きらが余白を指差す。

「『ピン、かけたのではなく、さいしょからぬけていた？』って」

当時の記憶がよみがえってきて、遼は「あぁ」とつぶやいた。

「そうだ。先生──修復師の方が言ってました。ピンが折れたあとがない。はじめから、わざと埋めこまなかったんじゃないかって」

全員の目が光る。

「あやしいな！」

「どのピンです？」

「一曲目の『きらきら星』で抜けていたピンは、一番の『ソ』と『ド』と『ミ』。あと、二番の『ソ』、『ソ』、『ファ』の六本です」

「ソドミソ……？　う〜ん」

篤が短い髪をかきむしる。

「意味不明だな」

「ドレミじゃなくて、イロハじゃない？」

コーヒーを飲んでいた雪菜が口をはさんだ。

「あと、楽譜って、ABC表記とかもなかったっけ？　ほら、『C』『D』『E』『F』『G』とか」

篤と京平が顔を見あわせ、同時に降参とばかりに手をあげた。

「すみません、俺たち、音楽2だったんです」

「オタマジャクシ、理解できません」

雪菜が苦笑してシャープペンシルを取りあげる。

「試しに変換してみようか」

「待ってください」

きらが手をあげた。

「もしかしたら、歌詞じゃないでしょうか。そもそも『きらきら星』は、二回同じメロディが流れたはずなんです。――そうですよね？」

確認されて、遼はうなずいた。

「そうです。二度流れたらシリンダーが横に少しズレて、『子犬のワルツ』が自動的に始まります。ちなみに、こちらは一回だけ」

「私、子どもの頃、『きらきら星』と『子犬のワルツ』が大好きで……。特に『きらきら星』は、毎日母と歌ってました。日本語訳だと二番まであって、多分母は、私がララと一緒に歌えるように、二回同じメロディを流すようにしたんだと思います」

すっと息を吸い、歌い出す。

きらきらひかる　おそらのほしよ
まばたきしては　みんなをみてる
きらきらひかる　おそらのほしよ
きらきらひかる　おそらのほしよ

みんなのうたが　とどくといいな
きらきらひかる　おそらのほしよ

歌い終わって、きらは首をかしげた。

「久し振りだから、ちょっと自信ないですけど」

スマートフォンをいじっていた京平が言った。

「それで間違いないみたいだよ」

雪菜が遼のノートとスマートフォンの画面を見比べる。

「この歌詞にピンの抜けていた部分をあてはめると……。最初が一番の『ば』、『ら』、『の』。それから二番の『き』、『る』、『と』」

「バラの……キルト?」

男たちが困惑し、服飾デザイナーの雪菜が即座に反応した。

「キルトって、民族衣装の?　それとも――」

パンッと、きらが手を叩いた。

「キルティングのキルトです!　お屋敷に、キルトのタペストリーがあります!　バラ模様の!」

きょとんとしている男たちに、雪菜が説明する。

「キルトっていうのはねぇ。ええっと……二枚の布の間に薄い綿を入れて、三枚重ねて刺し縫いしたもので……。ベッドやソファにかけたり、床に敷いたり、壁に飾ったりするのよ」

きらが早口で続ける。

「母の仕事部屋の壁に、大きなキルト・タペストリーがかかってるんです。結婚のお祝いにお友達がつくってくれたもので、めくるとその下に金庫がありますす」

「金庫？」

「はい。暗証番号がわからなくて開きません。開かずの金庫です。母は父に、いずれ開くから、それまで放っておくようにと言っていたそうです」

「それだ！　間違いない！　いこう！」

篤が張り切って裏口のノブに手をかけたところで、「ちょっと待ってよ」と京平が止めた。

「開かずの金庫なんでしょ？　いったところで中身は取り出せないと思うよ」

「じゃあ、どうすれば……」

「ねぇ」

雪菜が遼のノートを指差す。

「欠けていたピンなら、他にもあるよ！　二曲目の『子犬のワルツ』に」

篤がノートをのぞきこんだ。

「もしかして、それが暗証番号か？」

京平がスマートフォンをいじる。

「ショパンの『子犬のワルツ』……。うわ〜。楽譜、複雑すぎ」

投げ出されたスマートフォンを、雪菜が手元に引き寄せた。

「『子犬のワルツ』って歌詞ないよね？　きらちゃん、その金庫って、数字で開けるの？

それともパスワードとか？」

「いえ、数字のボタンしかありません」

「ってことは、抜けているピンを数字に置き換えればいいのかな」

頭を使う作業が得意なのか、雪菜は積極的だ。

遼のノートを改めてのぞきこみ、抜けていたピンの音を読みあげる。

「最初が『ソ』、次が『ド』、『ソ』、『ラ』、『ファ』の五つね」

きらも反対側からノートを眺め、シャープペンシルを手に取った。遼の許可を得て、余白に小さくメモ書きする。

「単純に、『ド・レ・ミ』の順に『一・二・三』と数字をふるなら……、『五・一・五・六・四』ですね」

「だね。もっと複雑な考え方もできるけど、とりあえずそれで試してみたら？　きらちゃんのお母さんが、きらちゃんに残したヒントだもん。ひっかけとか、ないと思う。探し出してもらうのが前提でしょ？」

「そうですね。──あぁ、それで！」

きらが頰に手をあてた。

「ＤＶＤで、母は、隠し場所をララに『きいて』と言っていました。あれは音に注目しろという意味だったんですね」

「あはは。最初から、さり気なく助言してたんだ」

雪菜は話しながら腕時計を見て、「マズい。もう、こんな時間」と立ちあがった。

「ごめん。私、いかなきゃ。予定入ってるの忘れてた」

バタバタと飛び出していく雪菜を見送り、篤が全員のカップをシンクに片づけた。

「さて」

軽く遼の後頭部をはたく。

「俺たちもいくか」

「え?」

「遠江家のお屋敷。お前もいくだろ?」

「いいんですか?」

「そりゃ、ペラペラくんのノートのおかげで、手がかりがつかめそうなんだし? 権利あるんじゃない?」

京平が靴をはきながらつけ加える。

「イヤならいいけどね」

「い、いきます!」

裏口に鍵をかけ、遼は篤のステーションワゴンがとまっている表へまわった。

出窓が視界に入り、ズキリと胸が痛む。人形が座っていた小さな空間は、今は空っぽになっている。

「遼さん?」

思わず立ち止まってしまった遼に、きらが心配そうに呼びかけてきた。

「どうしたんですか? 具合が悪いんですか?」

「いえ。オートマタのことを考えていて」

「あぁ」

きらが出窓に目をやる。まさしく昨日の今頃、自分たちはここで話をしていた。

「気にしないでください。遼さんのせいではありません」

「でも」

遼は唇をかんだ。

「ぼく、物も人も、あるべき場所にいるべきだと思うんです」

「あるべき……場所？」

「ええと――」

一瞬迷ったが、きらの真っ直ぐな瞳を見たら、口が勝手に動いていた。

「ぼくは両親がいなくて、ずっと親戚の家を転々としていて……。祖父が迎えにきてくれた時、すごく……嬉しかったんです」

背中をなでてくれた手のぬくもりは、今でも鮮明に覚えている。

「物にもきっと、安心できる場所みたいなのがあって……。だから、その……上手く言えないけど……。つまり、あのオートマタは、きらさんにもっていてほしいなって……。それが一番……しっくりくるっていうか……」

昨夜の男は、ララをどう扱うだろう。手がかりを求めてバラバラにしてしまったらどうしよう。

(大切な『仲間』だったのに、守れなかった)

再び、強く胸が痛む。

「なんとか、取り戻せたら……」

「遼さん」

うつむいた遼の頬に、きらのやわらかい手が触れた。

黒い瞳が涙でうるんでいて、ぎょっとする。

「あの……」

「ありがとうございます。やっぱり、あなたは――」

クラクションが鳴り響き、遼は飛びあがった。

「お～い！　早く乗れ！」

ステーションワゴンの運転席から、篤が不機嫌に怒鳴る。後部座席の窓が開き、京平が遼を手招きした。

「おいてくよ～」

顔は笑っているのに、眼差しは氷のように冷たい。

遼は慌ててきらをうながし、駆け出した。

四

宝探しとサンドイッチ

メインストリートの突き当たりにある遠江家の住まいは、まさに『お屋敷』という言葉がぴったりの大きさだった。

瀟洒な鉄柵に囲まれた三階建ての本館と、その左右に渡り廊下でつながった別館がある。

きらからカードを渡された篤は、運転席の窓から身を乗り出し、インターホンは押さずにカードキーで自動開閉の門を開けた。

入って右手に、木とレンガでつくられた馬小屋風の広い車庫があり、篤は慣れた様子でそこにステーションワゴンをとめた。

車からおりた京平が、ざっと辺りを見回す。

他に三台の車がとまっていた。いずれも高級車だ。

「お客さんがきてるみたいだね」

「じい様の客だろう。このところ多いな」

篤の言葉に、京平が唇のはしをわずかにあげる。

「きらの誕生日パーティー以来、釣書をもってくる人が増えたからね～」

遼はみんなのあとについて車庫を出ると、つくづくと屋敷を眺めた。

『エデン』のお店と同じような、中世ヨーロッパ風の可愛らしい外観だ。屋根には教会にありそうな鐘楼や、出窓がいくつかついている。

広い前庭には噴水があり、噴水を囲むように花壇がつくられ、綺麗な花を咲かせていた。建物の外壁には所々にツタがからまり、二階のバルコニーにもまた、花が咲き乱れている。

「みなさん、ここに住んでるんですか？」

遼の問いに、篤が首を横に振った。

「俺と京平は、自分の店の二階で暮らしてる。ここに住んでるのは、きらと親父さんと、じい様だけだ。――といっても、親父さんはまだドバイで、きらも忙しい時はオルゴール館に泊まるけどな」

「そうなんですか」

三人暮らしにしては、広い家だ。掃除が大変ではないだろうか、と余計な心配をした遼の心中を察したのか、きらが言った。

「父は母に一目惚れして、猛アピールの末、ようやくオーケーをもらったらしいんです。だから、喜びのあまり舞い上がってしまって、山瀬さんに『お姫様が住む、お城のような新居』をオーダーしたそうで……。どんどん大きくなる家に母があきれて、途中でストップをかけたんですって」

「はぁ」

そういえば、ＤＶＤに映っていた女性は、やせてはいたが美しく整った顔立ちをしていた。

(もしストップをかけられなかったら、どこまでやるつもりだったんだろう……)

ちょっと見てみたい気がする。

「で？　バラのキルトはどこにあるんだっけ？」

篤に尋ねられ、きらが真ん中の建物を指差す。

「本館の、母の仕事部屋よ」

きら、篤、少し離れて京平、遼の順で歩き出す。正面玄関に近づいていくと、犬の鳴き声がして、屋敷の裏から一匹の大型犬が駆けてきた。

ライトゴールドの毛並みが美しい、ゴールデン・レトリバーだ。放し飼いにしているのか、青い首輪をつけているだけで、鎖はない。

疾風のごとく走ってくる犬の迫力に、遼は思わず後ずさった。

「でか……！」

京平が振り返る。

「ペラペラくん、犬苦手？」

「いえ。ただ、生き物を飼ったことがなくて……」

「ふ～ん」

彼はにっこりと微笑んだ。

「大丈夫だよ。ここの犬、ちゃんとしつけられてるから」

イケメンの優しい言葉と一点の曇りもない笑顔に、思わずぼうっとする。――と、京平が素早く遼の隣に立ち、左手首をつかんだ。

「？」

高くあげられ、バイバイをするように大きく左右に振られる。

「⁇」

いったいなにをしているのかと首をかしげた瞬間、「ウォン！」と一際高い鳴き声が響いた。

（え？）

逃げる間もなかった。大型犬が力強く地面を蹴り、遼に向かってジャンプしたのだ。

「ぎゃ〜！」

前脚が肩にかかり、重みに耐え切れず後ろに転ぶ。

「遼さん！」

きらが慌てて「ステイ！」と犬に指示を出す。ステイは「待て」のはずなのに、なにが気に入ったのか、犬は遼の顔をベロベロなめて離れない。

ちなみに京平は、ちゃっかり横によけていた。

「こら！　ダメよ、タロ！」

首輪を引っ張られ、ようやく犬が遼の上からどく。

「すみません。大丈夫ですか、遼さん」

「……は、はい。なんとか」

よろよろと立ち上がったところへ、京平が言った。

「左、注意〜」

直後、左半身に衝撃を受け、遼は横に転んだ。

なんと、ゴールデン・レトリバーはもう一匹いたのだ。またしてもベロベロ顔をなめられパニックに陥(おちい)る。

「うひゃぁああ」

「やめなさい！　ジロ！　ステイ！」

きらが再び首輪を引っ張って遼から引き離し、腰に手をあてた。

「タロ、ジロ。めっ！」

本気の怒りを感じたのか、二匹は急に大人しくなり、不安そうにクンクン鼻を鳴らした。

きらは屋敷の裏を指差し、断固とした口調で言った。

「ハウス！」

二匹ともしょんぼりと尻尾を垂らし、歩き出す。――と、申し合わせたように、同時に振り返った。絶妙なタイミングの上、可愛らしい動作だったけれど、きらはきゅっと唇を結び「ハウス！」と繰り返した。

そして、遼の後ろで肩を震わせている京平をにらんだ。

「もう！　京平ちゃん、なにやってるの！」

「ご……ごめ……」

ツボにはまったらしく、笑いすぎて言葉にならない。

「ごめんなさい、遼さん」

かわりにきらが謝り、遼の服についた砂をはらった。篤もさすがに申し訳ないと思ったのか、ぐしゃぐしゃになった髪をなでつけてくれた。

「痛いところないか？」

「はい、大丈夫です」

「ごめん、ごめん」

目尻の涙をぬぐい、京平が拝むような仕草で片手をあげた。

「まさか、こんなに上手くいくとは……」

「バカ。やりすぎだ」

篤が京平の頭を小突く。

「タロもジロも、普段は大人しいの。絶対かんだりしないから。遼が犬嫌いになったら大変だとばかりに、きらが力説する。だが、遼は別の事実に驚いていた。

「名前……タロとジロなんですか？」

外国産の犬に和名とは。

（しかも、どこかできいたようなネーミング……）

「青い首輪が太郎。緑の首輪が次郎。二匹とも男の子です」

「はぁ……」

「もし怖ければ、今後はつないでおきますが……」

「いえ。ビックリしただけですから」

広い庭を自由に駆け回れなくなったら可哀相だ。

一同は、気を取り直し、本館の正面玄関へ向かった。

玄関の手前には五段ほどの短い階段があり、左右に足元を照らすランプが設置されていた。小花を浮き彫りにしたおしゃれなつくりで、傘の上に――。

「あ！」

　遼は足を止めた。

　昨夜の白ネコ、きらさんのが丸くなっている。

「あのネコ、きらさんのだったんですか？」

「え？　――いいえ」

　きらも立ち止まる。

「彼女は、おんバァさんのパートナー、ブランです。よく遊びにくるんですよ」

「おんバァさん？」

「占いの館をやってるご婦人だ」

　篤が説明してくれ、京平が付け足す。

「『エデン』の最高齢者。苗字が恩田だから、おんバァさん――って、おい！　やめとけ！」

　遼はランプに近づき、身を屈めた。赤い首輪がついている。間違いなく、昨夜のネコだ。

「よかった。ちゃんと外へ出られたんだね」

　頭をなでようと、右手を伸ばす。

「昨日はごめ――」

シャアッとネコが怒りの声をあげ、全身の毛を逆立てた。

（え？）

瞬(まばた)きする間もなく、手の平を引っかかれる。

「てっ！」

ネコはランプから飛びおり、一目散に門のほうへ駆けていった。

（ええええ？）

呆然(ぼうぜん)と見送る遼の手首を、きらがつかむ。

「遼さん！　大丈夫ですか？」

「ほらみろ～」

京平が、今度は自分のせいではないとばかりに肩をすくめ、隣で篤が顔をしかめた。

「不用意に手を出すなよ」

「でも！」

遼は混乱して叫んだ。

「昨日はすごく大人しくて、人懐(なつ)っこかったんですよ！　ベッドにまで入ってきて……」

途端に、三人が真顔になった。

「ベッドに？」

「え……はい」

ぎこちない空気が流れ、ハッと我に返る。

「あ、ぼくが入れたわけじゃないですよ。ネコが勝手に入ってきて、外に出そうとしたんですけど、帰ってくれなかったんです」

ぶっと京平がふきだす。

「それって――」

なにか言おうとする彼の後頭部を、篤が慌てたように叩いた。

「笑うな！　仕方ないだろう。おじいさんが亡くなったばかりなんだぞ」

「……は？」

笑う京平、怒る篤、神妙な表情のきら、どの反応も理解できない。

戸惑う遼に、篤が言った。

「ブランが親切なのは、夜だけなんだ」

「はぁ？」

「昼間は凶暴だから、近寄るな。いいな」

遼はあんぐりと口をあけた。

「なんですか、それ？　まさかのツンデレ？　ネコってみんなそうなんですか？」

「知るか！　とにかく、消毒しろ。きら、薬あるか？」

「はい！」

きらが玄関のノブに手をかける前に、扉が内側から開いた。

「なんだい、騒がしいな」

グレーのスーツにビジネスバッグをさげた、中年の男性が出てくる。しょぼしょぼと眠そうな目に、見事な太鼓腹をしていた。

「あ……。啓介おじさん」

きらが身を引き、会釈する。

「こんにちは。いらしてたんですか」

「あぁ、ちょっと会長さんに用があってね」

「そうですか。今、お茶をお出しします」

「いや、もうお暇するよ」

白いハンカチで額の汗をぬぐい、彼は笑った——ようだった。口元がゆがみ、頬が痙攣する。

「いやぁ、会長さんも歳をとったね。頑固になったというか……。昔はもう少し話のわかる人だったんだが……」

半ばぼやくようにつぶやき、ちらっときらを見る。

「お父さんと連絡とれないかな。融資の件で、急ぎの話があるんだよ」

「ごめんなさい。忙しいみたいで、ここ一カ月ほど全然話してないんです」

「そう。いつこっちに戻られるかは……わかんない？」

「えぇ」

きらがあいまいに微笑む。

「すみません。私、祖父や父の仕事のことは、なにも知らなくて」

「いや、いいんだ」

ため息をつき、彼はビジネスバッグをもち直した。階段をおりかけて、立ち止まる。

「そうだ、アレはどうなった？」

いかにもさり気ない口調だったけれど、両目は観察するようにきらの表情をうかがっていた。

「アレ？」

首をかしげるきらに、指を立ててみせる。

「ほら、あの指輪だよ。見つかった？」

「内緒です」

即座にきらが答える。笑顔は崩さないものの、拒絶の強い意志がにじんでいた。

「いいなぁ。きらちゃん」

鈍感なのか、気づかないフリなのか、男が続ける。

「見つかったら数千万だろ？　会長さんのかわりに、融資してくれない？」

「ちょっと――」

篤が渋い顔で前に出る。彼は慌てたように手を振った。

「冗談だよ、冗談。じゃあ。お父さんが帰国する日がわかったら教えてね」

背中を丸め、逃げるように去っていく。ぼんやりと見送る遼にきらが言った。

「あの方は、私の母の兄――つまり伯父で、川崎啓介さんです」

「家業の食品会社を継いでいるんだが、経営が苦しいみたいだな」

篤が補足し、京平がクスクスと笑った。

「一千万が数千万に増えてたね」

きらが小さく息をついた。

「母には、兄が二人と姉が一人います。上から、長男の啓介さん、長女の茜さん、次男の冬彦さん。――でも、誰とも血はつながってないんです」

そういえば、ＤＶＤの女性と先ほどの男性は、まったく似ていなかった。

「母の両親——つまり私のおじいさんとおばあさんは、ともに再婚同士で……。母は、おばあさんの最初の旦那さんとの子どもだったんです」

啓介、茜、冬彦も、おじいさんの連れ子だという。

きき覚えのある名前に遼は口をはさんだ。

「冬彦さんって——」

「そうそう、オートマタを投げて壊した人、ね」

京平がにやりと口のはしをあげ、扉を開ける。

広い玄関ホールには靴脱ぎ場がなく、四人は土足のまま奥へ進んだ。

吹き抜けの高い天井にステンドグラスがはめこまれ、明るい日差しが降り注いでいる。

お金持ちの家にありがちな絵画や彫刻は見当たらず、出窓にさりげなく花が飾られていた。

きらはホールをつっきり、右手奥にある階段をのぼった。

「私の父は最初、母の姉である茜おばさんと結婚する予定で、お見合いまでしたんですよ。でも、偶然居合わせた母に一目惚れしてしまって……」

二階の廊下に出ると、向かって左、手前から三つ目の扉を開ける。

「母の仕事部屋です。ここで主にオルゴール館の事務作業や作品の下絵を描いていました」

母親の物はすべて、当時のまま大切に保管しているという。

正面の窓辺に大きな机が置いてあった。右の壁はつくりつけの棚になっており、本や丸めた図面のような物が並んでいる。

「確か、この辺りにお薬が――あった！」

きらが、棚の一角から薬箱を取り出した。

「遼さん。座ってください」

血が出ているので断れず、遼は一つしかないイスに腰かけた。きらが傍らに膝をつき、消毒液を取り出す。――と、横から篤がそれを奪い取った。

「俺がやってやる。きらは、あっちを」

親指で示したのは、棚の向かいの壁だ。縦横一メートル以上ある、四角い布がかかっていた。白い布地にピンクのバラと若草色の葉が等間隔に並んでおり、糸で縫ってつくられた複雑な模様が立体的に浮き出して見える。とても美しい作品だった。

京平がキルト・タペストリーをめくると、壁に埋めこまれた金庫の扉が現れた。

「でっ！」

金庫に気をとられていたら大量の消毒液をぶっかけられ、遼は思わず声をあげた。篤は大きな絆創膏を乱暴に貼り付け、さっさと治療を終了した。

その間にきらは、金庫の扉にあるボタンを慎重に押していた。

「えっと……『五』、『二』、『五』、『六』、……『四』！」

最後に決定ボタンを押すと、ピッとロックが外れる小さな音が響いた。

「開いた！」

全員で、中をのぞきこむ。

Ａ４サイズで高さ十センチほどの木箱が入っていた。中身は……。

「オルゴールの部品！」

かなり大きなゼンマイバネが一つ。他に、二つにたたまれたカードと、ぶ厚い封筒がある。きらがまずカードを開いた。

『きら、見つけてくれてありがとう。お察しの通り、これは、からくりオルゴールのパーツと設計図です。パーツはあと二つ隠してあるの。すべて集めてオルゴールを完成させたら、私がお父さんからもらった婚約指輪が見つかるわよ。次は、工房にある振り子時計の中を探してね』

「からくりオルゴール？」

首をかしげる遼に、きらが教えてくれた。

「オルゴール館の展示室に、母がつくった大きなからくりオルゴールがあるんです。動物が動いたりするような……。でも未完成で音も出なくて。図面もないし、私の力ではとても完成させられなかったんです。——けど、これがあれば！」

ぶ厚い封筒の中身は、詳細な設計図だ。きらの黒い瞳が輝き、頬が赤く染まる。

「次……、母の工房は三階です！」

箱を胸に抱き、部屋を飛び出していく。篤が慌てて金庫を閉め、京平がキルト・タペストリーを元に戻した。

「きら、待て」

「早く。——きゃ！」

階段の手前で、きらが誰かにぶつかった。

「いってぇなぁ、おい」

あからさまに不機嫌な声。そこにいたのは、黒いジャケットに白いシャツ、指にシルバーのリングをはめた男性だった。

「冬彦おじさん！　すみません」

きらが逃げるように身を引く。ウワサの人物の出現に、遼はまじまじと相手を見つめた。

中肉中背。髪は肩に届きそうなくらい長い。しょぼしょぼした小さな目が、兄の啓介とそっくりだった。

「なんだ、きらちゃんか」

口元をゆがめるようにして笑うところも似ている。

「慌ててどうしたの？　もしかして、指輪発見？」

「違います」

彼は疑う様子もなく——というよりきいていないようで、あっさり話題を変えた。

「ねぇ、お父さんはどこかな？」

「父は今、ドバイです」

「戻りは？」

「わかりません」

彼が舌打ちをする。

「使えねぇなぁ」

「——」

篤と京平がきらを守るように一歩前に出た。冬彦は気にとめず、ペラペラとしゃべる。

「あのさぁ、俺、きみのお父さんにお金借りる約束してるんだよね。約束は守ってもらわないと、困っちゃうんだよ」

「きらは関係ないですよ」

篤が眉間にシワを寄せ、低い声で言った。

「けど、社長いないし、会長は会ってもくれないし。娘に訴えるしか——なんだよ、お前。俺の顔になにかついてるか？」

じいっと冬彦の顔を見つめていた遼は、慌てて目をそらした。

「いえ、その……」

「新しいナイトか？　おい、チビ。言いたいことがあるなら——」

遼に近づこうとする冬彦の前に、篤が立ちふさがった。

「すみません。きらの親父さんには、俺から伝えておきますから。今日はお引き取りを」

「——」

数秒にらみあい、結局冬彦はなにも言わずに背を向けた。彼の姿が階段の下に消えてから、きらがほっと肩の力を抜く。

「あの人、駅前でバーをやってるんだよね」

京平がつぶやく。

「資金繰りに困ってるのかな？　最近よくくるね」

「──」

玄関の扉が閉まる音をきき、遼は階段を駆けおりた。きらの声が追いかけてくる。

「遼さん？」

「すみません、ちょっと……。先にいっててください！」

外に出て、冬彦の姿を捜す。

彼は車庫に向かって、広い前庭を半ばまで進んでいた。

「待ってください！」

振り返った冬彦が、遼を見て少し驚いた顔をした。

「なに？」

すぐ近くで改めて相手と向き合い、遼は両目を見開いた。

（やっぱり）

そう目立つものではないが、左の頰骨の辺りにアザがあった。昨夜、目出し帽の男に襲(おそ)われた時、遼は夢中で打撃を加えていた──確か右手で。暗かったから、どこに拳(こぶし)があたったかはっきりしないけれど……。

（あのアザ、もしかして、ぼくが殴ったあと……かも？　それに『チビ』って言われた）

昨夜の男と同じ言葉だ。

ただの偶然かもしれない。犯人の顔は目の周りがわずかに見えただけだし、体型に特徴はなかった。声もくぐもっていて、冬彦と同一人物だと断定はできない。

（けど、可能性は……ある）

遼は大きく息を吸いこんだ。

「そのアザ、どうしたんですか？」

「は？　あぁ」

彼が頬を押さえる。

「昨日ちょっと、店にきた客ともめてね」

注意深く表情を観察していたけれど、動揺は見られなかった。本当のことを言っているのか、すっとぼけているのか……。

「もめたのは、何時くらいですか？」

「え？」

「昨日の夜、どこにいましたか？」

冬彦が口をへの字にまげた。

「関係ないだろ。なんだよ、お前。ケンカ売ってるのか？」

強く胸を押され、よろめく。相手はくるりと背を向け、車庫のほうへ歩き出した。遼は慌てて叫んだ。

「あなたがもっていった人形！」

　冬彦が足を止めた。

（反応した？）

　やはり犯人なのか。

「調べてもムダですよ！　指輪の手がかりは出てきません。昔ぼくが修理した時、誤って暗号も一緒に直して――つまり、消してしまったんです」

「――」

　両目を細める冬彦に、一歩近づく。

「だから、もっていても無意味なんです。返してください。今返してもらえたら、あなたのことは誰にも言いません」

　本気だった。そのために一人で追いかけてきたのだ。

　きらは、他人に迷惑がかからないなら、指輪やオートマタが見つからなくてもいいと言っていた。けれど、遼はどうしても諦（あきら）められなかった。

　あのオートマタは、十年も自分を支え続けてくれた大切な『仲間』だ。ララには『あるべき場所』に――きらのそばにいてほしい。

遼はぎゅっと拳を握り、顔をあげた。

「ベランダから、犯人の指紋が出てるんです！」

もちろんウソだ。バクバクする心臓を押さえ、平静を装う。

「捕まるのも時間の問題ですよ！　ぼくと取り引きしたほうが——」

ずんずんと大股に冬彦が戻ってきたと思ったら、ぐいと胸倉をつかまれた。

「なに訳わかんないこと言ってんだ、お前」

揺さぶられ、舌をかむ。怖かったけれど、遼は必死で続けた。

「お願いします。人形を返してください」

「黙れ、クソガキ！」

首を絞めるようにして、宙吊り（ちゅうづ）にされた。さほど筋肉がついているように見えないのに、すごい力だ。

自由になろうともがくが、ビクともしない。声も出せない。

（まずい）

うかつだった。篤についてきてもらうべきだったのだ。

（誰か！）

その瞬間、冬彦の背後、約十メートルの地点に、茶色の塊（かたまり）を発見した。

（あれは……！）

タロ——、いやジロだろうか。この際、どちらでもかまわない。

無我夢中で手をあげ、大きく左右に振る。よくしつけられた大型犬は、迅速かつ忠実に命令を遂行した。つまり、疾風のごとく駆けてきて——。

「うおっ！」

冬彦の背中に勢いよく飛びついたのだ。驚いた彼がバランスを崩し、遼のほうへ倒れこんでくる。押し潰されるようにして、一緒に地面に転がった。首を圧迫していた力がなくなり、激しく咳きこむ。

「なんだよ！　どけ。クソ犬！」

大型犬は前脚で冬彦を踏んづけ、ベロベロ顔をなめている。

遼は自分の上にいる冬彦を両手で押しのけ、なんとか先に立ちあがった。

（助かった〜）

これ以上の交渉は危険だ。彼が犬に気を取られているスキに逃げようとしたが……。

「わっ！」

後ろからなにかがぶつかってきて、前に転んでしまった。背中に、ずっしりと重いものが乗ってくる。

（しまった。もう一匹いたんだった！）

体をひねり、のしかかってくる犬をどかそうとした。犬はムキになってむしゃぶりついてくる。もみあっているうちに興奮してきたのか、息が荒くなり、喉の奥から唸り声がもれた。

（かまれる！）

パニックに陥りかけた時、りんとした声が響き渡った。

「タロ、ジロ。ステイ！」

高く、落ち着いた女性の声だ。ただし、きらではない。

なにかの魔法にかかったように、二匹がピタリと動きを止めた。間髪を容れず、次の指示が出た。

「ハウス！」

犬が遼の上からどき、屋敷の裏へと駆けていく。

（今度こそ助かった……？）

座りこんだままぼうっと犬の後ろ姿を眺めていた遼は、肩をつかまれてぎょっとした。

鬼のような形相の冬彦が拳を振りあげる。

「てめぇ、この――」

「おやめなさいよ」

近づいてくる人物を見て、冬彦も犬同様に動きをとめた。横を向き、けっとツバを吐く。

「こいつのほうが先にからんできたんだよ」

「だからって、弱い者いじめなんてみっともないわ」

ねぇ？　と遼に笑いかけてきたのは、優しそうな女性だった。年齢は四十代前半だろうか。ややふっくらとした体型に丸い顔、白い肌……。目尻に笑いジワがあり、上品な雰囲気をまとっている。

「ふん」

冬彦は拳をおろし、遼をにらんだ。

「次は容赦しねぇからな」

彼が去っていき、女性が近づいてきて、遼に手を差し伸べてくれた。

「大丈夫？」

「あ……りがとうございます」

震える膝に力をこめ、立ちあがる。

「初めまして、よね？　きらちゃんのお友達？」

友達と言えるかわからないが、とりあえず遼はうなずいた。

「ぼくは坂垣遼といいます。昨日『エデン』に越してきたばかりです。助けてくださって、本当にありがとうございました」

「いえいえ。あのワンちゃん、ウチでうまれた子なの。一通りしつけたのに、いつまでもやんちゃで、ごめんなさいね。……あ、私は根木茜といいます。きらちゃんの伯母です」

（あぁ……）

図らずも、きらの母親の兄弟たち全員に会ったことになる。苗字が川崎でないのは、結婚しているからだろう。

「ちなみに、さっきのガラの悪い男の姉でもあるのよ。重ね重ね、ごめんなさいねぇ。あの子、昔からケンカっぱやくて……」

やわらかな笑顔に好感を覚える。遼は首を横に振った。

「いえ。……あの、きらさんに会いにきたんですか？」

「約束はしてないんだけどね。旦那が会長さんと面会するっていうから、ついてきたの。ちょっと心配事があって……」

言葉を濁し、うかがうように遼を見る。

「指輪のことですか？」

「よかった。知ってるのね。——どう？　あの子、無茶してないかしら？　賢くていい子なんだけど、時々びっくりするようなことをしでかすのよ」

ウエディングドレス姿が脳裏に浮かんだが、あえて無視した。

「大丈夫ですよ」

「本当？」

「う……………多分」

「あら、多分なの？」

ころころと茜が笑う。

彼女は、旦那が会長と話している間にきらに会いにいき、部屋にいなかったため、外へ捜しに出て、偶然冬彦と遼を見つけたのだという。

遼と一緒に本館へ戻りながら、茜は盛大にため息をついた。

「まったく、さくらも……あ、さくらって、きらちゃんのお母さんなんだけどね……。ちょっと非常識だわ。高価な物を隠しちゃうなんて。見つからなかったらどうするつもりかしら。どうせ隠すなら、食べきれなかったチキンの骨とか、ビーフジャーキーにしておけばよかったのに！」

怒っているというより、心配しているようだ。遼は微笑んだ。

「きっと見つかりますよ」

「本当に？」

「………多分」

「あら、また多分なの？」

声をたてて笑う。気さくな人柄につられ、遼は思い切って尋ねてみた。

「あの……茜さんは昔、きらさんのお父さんとお見合いしたってききましたけど……」

「まぁ、懐かしい話題ね」

やはり彼女は、不躾な質問にも怒らなかった。かえって嬉しそうに話し出す。

「そうそう。私、誠也さんと結婚してたかもしれないのよ」

誠也というのは、きらの父親の名前だという。

「当時は家業が絶好調で、遠江さんとは特に親しいお付き合いをしていたの。その縁で、親が勝手に決めちゃったのよね。でも、私はその頃、今の旦那と内緒で付き合っていて」

懐かしむように遠くに視線を投げる。

「断ろうにも家族は大喜びだし……。言い出せないまま当日になっちゃって、もう泣きそうだったわ。そしたら、私の忘れ物を届けにきてくれたさくらと誠也さんが偶然出会って……。きっと運命だったのね。誠也さんがさくらに一目惚れ！　——まぁ、さくらのほうはクールで……オルゴール職人になりたいから、恋愛なんて邪魔だって、あっさりふっちゃったんだけど」

猛アピールの末ようやくオーケーをもらったと、きらが言っていた。

「すごかったわよ。誠也さんのプレゼント攻撃！　毎週金曜の夜に、お花やらチョコやら、アクセサリーが届いてね。でも、さくらは見向きもしなかったわ。全部返却して、電話も手紙も無視。——見てるほうがヒヤヒヤしたわ」

当時を思い出したのか、胸を押さえる。

「どうなることかと心配してたら、ある日、誠也さんが線路に飛びおりてね」

「えぇっ」

まさか、恋わずらいの末、自殺未遂かと青ざめた遼に、茜が手を振る。

「違うのよ。誠也さんが電車を待っている時、向かいのホームに偶然さくらがいてね。「チャンスだ！」って、最短距離——つまり線路を横切って、さくらの所まで走っていって、「結婚してください！」って叫んだらしいのよ」

「えぇぇっ！　本当ですか？」

自殺未遂と同じくらいびっくりだ。

「本当よぅ。さすがのさくらもビビって——ん？　ビビっときたんだったかしら。とにかく、オーケーしちゃったのよ」

遼は思わず突っこんだ。

「ビビってと、ビビっときては、小さいですけど大きな差では……?」

正確にはどちらだろう。

「ふふふ～。気になる?」

楽しそうに茜が微笑んだ。

「決め手はねぇ……。プロポーズしたあとで我に返って、駆けつけた駅員さんやら乗客のみなさんにペコペコ頭をさげて回っている姿を見て、社長なのに威張(いば)らないんだな。ちょっと可愛いなって、興味がわいたんですって」

「へぇ～」

女心は謎だ。プレゼントや情熱的なプロポーズより、謝罪している姿にぐっとくるなんて。

「まぁ、どちらにしても、私は誠也さんと結婚せずにすんで、助かったわ」

玄関へ続く階段の下で立ち止まり、茜はつくづくと屋敷を眺めた。

「人生って、不思議よね」

小さなつぶやきは、遼に話しかけたというより、思わず口からもれたようだった。

「あの時忘れ物をしていなければ、ここが私の家だったかもしれない……」

ふっと彼女の横顔から表情が消えた。目が焦点を失い、虚ろになる。

（？）

急に意識が遠くへいってしまったようで、遼はとっさに手を伸ばした。倒れるのではないかと心配したのだ。

だが、手が肩に触れる寸前、左斜め上から声がふってきた。

「遼さん！　どこいって——あ、茜おばさん！」

ぴくっと茜の体が震え、目が覚めたように瞬きした。きょろきょろと辺りを見回し、数歩さがってヒッと息をのむ。

「きらちゃん！」

ずっと左の……なんと屋根の上に、きらがいた。スカートからすっきりしたパンツに着替えており、中腰になってこちらをのぞきこんでいる。ちなみに、本館は三階建てだ。

茜が蒼白になって怒鳴る。

「なにやってるの！　おりなさい！」

「え、——ひゃっ」

すごい剣幕で怒られて動揺したのか、きらが体勢を崩した。

「あぁ！」

スローモーションの動きで後ろに倒れる。足が宙に浮き……、このままでは落ちてしまう。

「危ない！」

駆け出そうとした遼は、横から誰かに押しのけられた。茜だ。

つい先ほどの魂が抜けたような顔が、別人のように引きつっている。彼女はきらの真下めがけて猛然と走った。

（速いっ！）

それでも間に合わないと判断したのか、両手を前に突き出し、地面を蹴ってスライディングする。

「！」

ざあっと砂煙があがり、茜の頭上にきら——の革靴が片方ふってきた。

靴の主、きら本人は、屋根のふちぎりぎりの場所で尻もちをつき、立ちあがろうともがいていた。

「大変！　どうしよう。茜おばさんが！」

「きら。落ち着け」

彼女の横にぴたりと篤が寄り添い、腰に腕を回している。先ほどは動転して気づかなかったけれど、ずっとそばにいたのだろう。

少し離れた位置にある出窓が開け放たれ、京平の姿があった。手にしているのはロープで、きらの体につながっているようだった。

上は問題ないと判断し、遼は急いで茜の傍らに膝をついた。

「大丈夫ですか？」

「――」

むくりと茜が起きあがった。無言で革靴を拾いあげ、あいている手でパンパンと服についた砂を払う。続いてきらを見あげ、彼女はうっすらと微笑んだ。

「キーキー騒いでないで、さっさとおりていらっしゃい、お嬢さん」

京平をはるかに上回る絶対零度の笑顔に、暴(あば)れていたきらが完全にフリーズした。


「まったく！」

一階のリビングに全員が集合するなり、茜が顔を紅潮させて怒った。

「なにやってるの、あなたたちは！　きらちゃんはともかく、篤くんはいい大人でしよ！」

「わ、私だって大人……」

　反論しようとしたきらは、茜ににらまれて口をつぐんだ。

「すみません」

　篤が頭をかいた。

「俺が一人でいくって言ったんですけど」

「篤兄さんじゃ、上手く鐘を外せないわよ」

　茜が眉間にシワを寄せる。

「あんな所で、なにをしていたの？」

「屋根の鐘楼にある鐘が欲しかったの」

「バカねぇ」

　あきれたようにため息をつかれ、きらが拳を握った。

「買った物じゃダメなの！　あの鐘じゃないと……」

「違うわよ。屋根によじのぼらなくても、屋根裏部屋にあるハシゴから、安全に鐘楼の中に出られるでしょう？　昔、さくらが掃除がてらメンテナンスしてたじゃない。覚えてないの？」

「──あ」

かたまってしまったきらの後ろで、篤と京平がぼそぼそとしゃべる。

「なんだ。中から簡単にいけたんだな」

「どうりで、さくらおばさんにしては危険な場所を指定したなぁって、不思議だったよ」

二人の会話に、遼はピンときた。

(その鐘が、からくりオルゴールの部品なのかな)

工房の振り子時計から、次の隠し場所を記したカードが出てきたのだろう。

「もう！　寿命が縮んだわ！」

指先で額をつつかれ、きらが頭をさげた。

「ごめんなさい。おばさんは、ケガしなかった？」

「するわけないでしょ！　おっちょこちょいのあなたじゃあるまいし」

茜はきらの乱れた髪やゆがんだ襟(えり)を整え、ほうっと長い息をついた。

「あなたもケガがなくて、本当によかった。鐘なんて、いったいなにに使うの？」

「えっと……」

きらの目が泳ぐ。

「あ、新しいオルゴールをつくろうと思って」

「鐘で？」

「う……ん」

うなずき、彼女は素早く話題を変えた。

「でも、急にくるなんて、どうしたの？　連絡をくれたら、『ヘンゼル』のカップケーキを買っておいたのに」

「旦那が会長さんと小難しい話をするっていうから、ついでにあなたに会いにきたのよ」

「私、ついでなの？」

「そうよ」

茜がイタズラっぽく笑う。

「ついでのついでに、サンドイッチをたくさんつくってきたわ。みんなでお昼にしない？」

きらだけではなく、篤と京平の顔も輝く。

「この間、差し入れにもらったカツサンド、ありますか？」

「アボカドサンドは？」

前者は篤、後者は京平の質問だ。

「あるわよ。きらの好きなフルーツサンドもね」

「やったぁ！」

きらが子どものように飛びはね、茜が手を叩いた。

「さぁ、さっさと鐘を外していらっしゃい。その間にスープをつくっておくわね」

「は～い！」

三人とも競うように廊下へ出ていく。遼は少し迷ったが、リビングに残った。

「あら、あなたはいかないの？」

「大丈夫ですか？」

茜の手首から肘の間を示すと、彼女は恥ずかしそうに笑った。

「気づいてたの？」

袖をあげて確認する。広範囲に擦り傷ができ、少し血が出ていた。きらを受け止めようと、両手を差し出したままスライディングしたせいだ。

「大したことないわ。きらちゃんには内緒にしてね。あの子、意外に心配性だから」

「薬箱、とってきましょうか」

幸か不幸か、置き場所を知っている。

「いいわよ。水で洗うだけで充分。――ありがとう。優しいのね」

「いえ」

優しいのは茜のほうだ。

万一あの高さからきらが落ちていたら……。成人女性の何十キロという体重が、加速をつけてふってくるのだ。茜に受け止めることなどできなかっただろう。二人そろって大ケガをしていたに違いない。彼女だって危険だとわかっていたはずなのに、一片の躊躇もなく走った。考える前に体が動いていたように見えた。

（すごいなぁ。お母さんって、あぁいう感じなのかな）

母性という言葉は知っているけれど、実際にそれらしい行為を目撃したのは初めてだ。

（あ、茜さんは、きらさんのお母さんじゃないか……。ん？　だとすると、もっとすごいんじゃ……）

少なくとも、自分にはできなかった。

「遼さん？」

戻ってきたきらが、リビングの扉から顔をのぞかせた。茜がさっと袖をおろす。

「こないんですか？」

「いってあげて」

茜にささやかれ、遼は廊下へ出た。

「さっき篤兄さんたちとも話したんですけど」

屋根裏部屋へ続く急な階段をのぼりながら、きらが言った。

「ララが見つかったことは、まだ茜おばさんには内緒にしてください。危険なことに巻きこみたくないんです。——巻きこんでしまった遼さんに、こんなお願いをするのは申し訳ないのですが」

「いいですよ」

「おばさん、ああ見えて心配性だから……。今日も絶対、私が無茶してないか様子を見にきたんだわ」

二人が互いのことを『心配性』と言うのが、少しおかしかった。

「茜さんは、きらさんのことが大切なんですね」

照れたように、きらが頬を赤くする。

「おばさんには、母が亡くなった時、本当にお世話になったんです。私があんまり泣くから心配して……。父は仕事で忙しいし、女性がそばにいたほうがいいって、しばらく預かってくれたんです」

京平の声がふってくる。

「養女にならないかって言われたんだよね?」

彼は、階段をのぼりきった先にある、狭い踊り場に立っていた。

「うん。断っちゃったけど、嬉しかった。今でも一緒にお買い物したり、映画にいったり、オルゴール館にもよくきてくれて……」

「ハシゴ、あったぞ」

踊り場の正面にある扉が開き、篤が手招きしてきた。

中はダンボール箱が数個置いてあるだけの、殺風景な部屋だった。入って右の壁際に、木のハシゴが設置されている。ちゃんと固定されていて、屋根によじのぼるより格段に安全だ。

まず篤がハシゴをのぼり、行き止まりの天井を軽く押した。板が外れ、やわらかな風が吹きこんでくる。慎重に四角い穴から外をのぞき、彼が親指を立てた。

「間違いない。鐘楼の真下だ」

「篤兄さん、かわって!」

きらが軍手をはめ、いくつか工具をもってハシゴをのぼる。膝から上が穴の外に出て見えなくなり、カチャカチャと音が響き出した。

作業が終わるのを待っている間、篤が遼に、二つ目のパーツが入った箱を見せてくれた。

「さくらおばさんの工房にある振り子時計の中を探したら、隠し扉があって、こいつが入ってたんだ」

Ｂ５くらいの大きさで、高さは五センチくらいの木箱だ。

中身は人形を動かす金属の円板、カムと、二つにたたまれた白いカードだった。遼はカードを開いた。

『きら、お疲れさま。三つ目のパーツは、本館の鐘楼にさがっている金の鐘よ。工具を使って、上手に取り外してね。メッセージは《舌》の中にあるわ。この鐘の《舌》は筒状になっていて、先端の玉を時計回りにまわすと、外れて中身が取り出せる仕組みなの。メッセージを隠すには最適でしょ？』

「《舌（した）》？」

つぶやく遼に、篤が手振りをまじえて説明してくれた。

「ゼツって読むんだってさ。俺も初めて知ったけど、こう……お椀（わん）型になっている鐘の内側にぶらさがっている棒があるだろ。あれのことらしい」

「へぇ。……あぁ、それで」

遼はカードを篤に返した。

「きらさん、屋根によじのぼったんですね？」

「どうしても自分の手で取りたいって、きかなかったんだ。俺じゃ、力任せに鐘を引っ張って壊しちゃうに違いないってさ。どんな怪力だよ」

京平が苦笑する。

「一応、命綱つけさせたけど、ヒヤヒヤした。ホント、とんでもないお姫様だよね」

「きこえてるわよ、京平ちゃん」

低い声とともに、きらがハシゴをおりてくる。

「外れましたか？」

遼の問いに、きらが笑顔になった。彼女は床に足をつけると、左腕に抱えていた物を三人の前に差し出した。サッカーボールくらいの大きさの、金の鐘だ。

「おおぉ！」

篤たちが拍手をする。

「メッセージは？」

京平にせかされて、きらが鐘の内側をのぞきこむ。細長い金の棒がさがっている。先端の玉を時計回りにまわすと外れて、綺麗に丸められた紙が出てきた。

『きら、鐘は上手く外せた？　楽しんでくれたなら嬉しいんだけど……。集めた三つのパーツと、十歳の誕生日にプレゼントしたオートマタを使って、からくりオルゴールを完成させてね。あなたにはなら、安心して任せられるわ』

全員の目がまん丸になった。

「三つのパーツと……オートマタ？」

要するに、盗まれたララを取り戻さないと、からくりオルゴールは完成しない……のだろうか。

「ウソだろ」

「まさかの展開」

篤と京平が、がっくりと床に膝をつく。彼らの隣で、遼は「あ」と声をもらした。

「そういえば、昨夜の犯人がわかったかもしれません」

パッと二人が顔をあげる。

「マジで？」

「どうしてわかったの？」

遼は、冬彦の顔にアザがあったことと、『チビ』と言われたことを打ち明けた。

「昨日の男と同じ言葉だし、アザはぼくが殴ったあとじゃないかと思って……、それで追いかけたんです。暗号が消えていることを伝えて、人形を返してもらおうとしたんですが、怒らせてしまって」

「アホ！」

いきなり篤に頭を小突かれ、遼は身を縮めた。

「すみません。もっと上手く交渉できれば――」

「ドアホ！」

また殴られる。さっきよりも力が強い。

「犯人かもしれないヤツを、一人で追いかけたりして！　危ないだろ！」

「そうですよ！」

見開いたきらの目には、怯えの色があった。

「なにかあったら、どうするつもりだったんですか！」

京平はあきれ顔だ。

「ペラペラくんって、体だけじゃなくて洞察力も薄っぺらなの？」

「あ……」

　まさかこんなに心配されるとは思っていなくて、遼は頬を赤らめた。

　改めて三人に頭をさげる。

「ごめんなさい」

「まぁ、しかし、ターゲットを絞れたのはラッキーだな」

　篤の言葉に、京平がうなずく。

「対策が立てられるよね。最悪、茜おばさんに協力してもらう？　冬彦おじさんを説得できるのって、おばさんくらいじゃない？」

「ん～」

　きらが腕を組んだ。

「おばさんには迷惑かけたくない……かな」

「そっか。――あ～あ」

　京平が天井を仰ぐ。

「さくらおばさんも、ややこしいことせずに、設計図やパーツをまとめて金庫に入れておいてくれたらよかったのに」

　きらは手紙を丁寧に丸めて《舌》に戻した。

「今日と同じような伝言ゲーム、母とよくやってたの。お屋敷のあちこちにカードを隠して、最後に指示された戸棚を開けたらオヤツやプレゼントが出てくる……」

鐘を目の高さにかかげ、指先で埃をぬぐう。

「最後の手紙に、楽しんでくれたなら嬉しいって書いてあったでしょう？　私を喜ばせようとしたんだと思う。──私、けっこう楽しかったわ」

「ふ～ん」

京平が両目を細める。トゲのない、やわらかな表情だった。

「よかったね」

「みんな～！　ちょっといい？」

下から茜の声がきこえ、全員階段のほうを向く。篤が代表で踊り場へ出た。

「なんですか？」

「お天気がいいから、外で食べようと思って。テーブルとか、運んでほしいの」

「いいですよ。今いきます」

急いで天井をふさぎ、四人とも下へおりる。

「どう？　とれた？」

茜がきらの腕の中の鐘をのぞきこんだ。

「まぁ、けっこう汚れてるわね。洗ったほうがいいわ。ついでにあなたの手と顔もね」

　彼女はてきぱきと指示を出した。

「篤くんと京平くんは、裏の倉庫から折りたたみのテーブルとイスを出してきてくれる？　あと、日除(ひよ)けのパラソルも」

「どこへ運びます？」

「そうねぇ。前庭の噴水の近くなんてどうかしら？」

「了解です」

「坂垣くんは、キッチンでお皿を出すのを手伝ってくれる？」

「わかりました」

　篤と京平は外へ。きらは洗面所へ。遼は茜と一緒に一階のキッチンへ向かった。

　キッチンには、スープのよい匂いが漂っていた。茜は冷蔵庫の隣にある食器棚を指差した。

「サンドイッチの取り皿と、スープ皿を出してもらえる？　五人分ね」

「はい」

　割らないように、慎重に数をかぞえていると、きらがやってきた。オルゴールのパーツは自分の部屋にでも置いてきたのだろう。手ぶらだ。

「じゃ、きらちゃんにはサラダをつくってもらおうかしら。盛りつけるだけだから」

「おばさ〜ん」

前庭に面しているキッチンのガラス戸を、京平が外から軽く叩いた。

「テーブルはあったけど、イスが見当たらないよ」

「あら。同じ所にあるはずよ。この間お花見した時に使って、ちゃんとしまったでしょ?」

ちょっと見てくるわね、とガラス戸を開けて出ていく。

遼は彼女がケガを隠した時にも感じたことを口にした。

「茜さんって、なんだかお母さんみたいですね」

「本当に……。いつも困っていると、わーって駆けつけてきて、助けてくれるんです」

大皿にレタスを盛りつけながら、クスクスときらが笑った。

「基本的に世話焼きみたいで……。冬彦おじさんが実家から勘当されそうになるたびに、かばってるらしいですよ。タロとジロの親犬も、処分されかけているのを見かねて引き取ったってききました。誰のことも放っておけない、肝っ玉母さんですね。私の母とは少し違うタイプですけど、頼りになります」

「私も手伝います」

「きらさんのお母さんは、どんな方だったんですか？」

　彼女は迷わず指を立てた。

「綺麗で、頭がよくて、自立心の強い人……。よく言われました。ウチはお金持ちだけど、財産は全部ご先祖様がつくってくれたもので、あなたのものじゃない。純粋にあなたの持ち物と言えるのは自分だけ。だから、内側も外側も一生懸命磨きなさいって」

「へぇ……」

「それで私、ララのお礼に、私の唯一の財産を差しあげようと考え――」

　ぶっと遼はふきだした。

「もしかして、ウェブサイトに結婚すると書き込んだのは、お母さんの教えを参考にして？」

「はい」

　やはり、少々ズレている。天国で見守っている母親も、さぞやびっくりしたことだろう。

「危ないですよ！　変なヤツが現れたらどうするつもりだったんですか」

「いいえ。記憶を取り戻すと同時に、私は確信していました。現れるのはあなただと」

　ブロッコリーを載せる手を止め、きらが静かに遼を見つめた。

「ララは絶対にあなたがもっていてくださると」

揺るぎない瞳に、遼は気圧された。

「ど……して、そんな風に信じられたんですか。長く一緒にいたわけじゃないですよね？」

それなら、わずかでも覚えているはずだ。

「ええ、遼さんと一緒にいたのは、たった一日——いえ、半日だけです。でも、私には特別な時間でした。——なのに、すっかり忘れて、夢の中の子だと思いこんでいたなんて……」

己が許せないというように、きつく唇をかむ。

遼は手にしていたお皿を置き、テーブルをはさんできらの正面に立った。

「あの……。昔なにがあったのか、きいてもいいですか？」

「——」

彼女は小さくうなずき、記憶を整理するように目を伏せた。やがて耳に心地よい声で話し出す。

「十年前——、母の病状はもう隠しようがないほど進んでいて、紹介された大きな病院に転院したんです。私は、ホテルに滞在していました。母が倒れてから、不安で仕方なかった。でも、看護師さんだったか、親戚の人だったか……とにかく、誰かが言ったんです。

『きらちゃんが泣いたら、お母さんが心配して病気が悪くなる。だから泣いてはダメよ』って」

それは、母親の前ではメソメソしないほうがいいという意味だったのだが……。

「私は、『一粒でも涙をこぼしたらお母さんが死んでしまう』と思いこんでしまったのです」

以来、必死で涙をこらえて過ごしていたのだという。

「あの日は……そう。私の誕生日が終わって一カ月ほどたった、五月の中頃……。ちょうど今ぐらいの季節でした。私は、もらったばかりのララを病院の中庭にあるベンチに置いて、すぐ近くの花壇で四つ葉のクローバーを探していました。母にあげたら、きっとよくなると思って」

すると、見舞いに訪れていた冬彦が姿を見せた。彼はきらに気づくと無言で近づいてきて――。

「いきなりベンチに置いていたララを取りあげ、茂みに向かって放り投げたんです」

遼は眉を寄せ、「信じられない」とつぶやいた。

母親が病気になって気落ちしている子どもの目の前で、その母親からのプレゼントを投げるなんて……。幼いきらは、どんなにショックだっただろう。

二十歳（はたち）のきらは、肩を少しすくめただけだった。

「多分、病室で誰かとケンカして、私に八つ当たりしたんでしょう。慌ててララを抱きあげたけれど、もう動かなくなっていて……。私は泣きそうだった」

けれど、泣いてはいけない。母親が死んでしまう。

「涙がこぼれないようにできる限り上を向いて、歯をくいしばっていました。冬彦おじさんが戻ってきたらどうしようと怖くて、上を向いたまま闇雲（やみくも）に歩いたの。そしたら誰かに腕をつかまれて、『危ないよ』『そのまま進んだら、溝に落ちちゃうよ』って」

それが、遼だったのだ。

「相変わらず上を向いていたから、遼さんの顔は見えませんでした。でも、優しい声にますます泣いてしまいそうになって……。私、『放っておいて』って言ったんです」

幼い遼は黙ったが、その手がはなれることはなかったという。どのくらい二人で立ち尽くしていたか……。

「少しだけ気持ちが落ち着いて、私、『あなたは誰？』ってきいたんです」

相手は『リョウ』と名乗り、『どうして空を見ているの？』と尋ねてきた。

「私は、『泣いたらお母さんが死んでしまうから、涙がこぼれないようにしているの』と答えました」

　すると遼はまた少し沈黙し、やがてゆっくりとこう言ったらしい。

『だからって、上ばっかり見ていたら、きみがケガをしちゃうよ。もし車にはねられたりしたら、きっとお母さんが悲しむ。――それに、泣いたって、お母さんは死んだりしないよ』

　その言葉は、きらの心を一気に軽くしたという。本当はずっと誰かにそう言ってほしかった。けれど父親はいつにも増して忙しそうで、他の大人たちもみんなピリピリしていて、話しかけることすらためらわれた。

　安心のあまり膝が崩れそうになりながら、しかしきらは、まだ頑固に上を向いていた。

「あなたを疑っていたのね。気休めやウソだったらどうしようって」

　きらが、過去の自分にあきれたようにため息をつく。

「普通の子なら、この辺りで私の相手にあきて、どこかへいってしまうでしょう。でも、遼さんは違ったの。言葉をつくして辛抱強く説得してくれた。それで私は、ようやく上を向くのをやめて――首がすごく痛かったわ――あなたを見て、泣いたの」

　その瞬間を思い出したのか、彼女は指先で素早く目尻をぬぐった。

「そりゃもう、びっくりするくらい涙が出て、止まらなくて……。あなたは隣で、ずっとついていてくれた。私はすっかり安心して、胸に抱えていた不安を全部打ち明けたの」

お母さんがいなくなってから、屋敷がじめじめして、オバケが出そうで怖いこと。一人で放っておかれて、寂しいこと。オルゴール館が閉まってしまって、悲しいこと。ララを壊されて辛いこと。お母さんがよくなるように四つ葉のクローバーを探したけれど見つからないこと……。

「遼さんは、一つずつ丁寧に答えてくれました」

屋敷が怖ければ、お花をいっぱい飾ればいい。一人で寂しければ、動物を飼えばいい。お店が閉まって悲しければ、大人になってまた開けばいい。ララは修理すれば元に戻るし、四つ葉のクローバーよりもっときく物がある……。

「病院の裏山の神社に、病気を治す葉っぱがあるって教えてくれたんです。御神木だったと思うんですけど、『その葉をちぎって体の悪い部分にあてると、病気を吸い取ってくれる』『入院したお隣のおばあさんが、それで痛いのが消えた』って」

「あ〜」

遼は額を押さえた。きらのことを思い出したのではない。己のマヌケさ加減にあきれたのだ。隣のおばあさんは、おそらく葉っぱをもってきた遼をねぎらって、『痛みが消えた』と言ってくれたのだろう。それを真に受けるとは……。

「私が今すぐ取りにいきたいと言うと、あなたは案内してくれました。ピクニックみたいで、すごく楽しかったです。私は神社でお母さんとララの分、二枚の葉っぱを手に入れて、ご機嫌だった。でも――」

　きらの顔が曇った。

「帰りに突然雨が降りだして、私は転んで足をくじいてしまったの。あなたはララを自分の上着のお腹(なか)の辺りに入れて、背中に私をおぶって山をおりようとした……」

　雷が落ちて、ものすごい豪雨だったという。

「私は怖くて……おそらく、あなたにおぶさったまま気を失ってしまったのでしょう。そこから先は、覚えていません。気づいたら、母と同じ病院のベッドで寝ていました。外はもう暗くて、看護師さんが言うには、びしょぬれで、待合室のソファに横になっていたとか……。頭がぼんやりして、長い夢を見ていた気分でした。いったいなにがあったんだっけと考えていたら、父が飛びこんできて……」

　母親の容態が急変したのだという。

「明け方頃、母とお別れして――私はショックでまた気絶してしまったんです。そのせいか、この辺りの記憶は、ずっとあいまいだった。あなたのことも……。ごめんなさい」

「いいんです」

　頭をさげられ、遼は慌てて手を振った。幼いきらの悲しみを思えば、むしろ忘れて当然だろう。

「ぼくこそ、いまだに思い出せないし……」

「遼さんにとっては、特別な一日ではなかったのかもしれませんね。でも私は、母と一緒に映っているララを見た瞬間、いっぺんに全部思い出しました。きっとあなたが私を病院の待合室まで送り届けてくれたんだ。そして、ララはあなたが預かってくれているんだ。もう一度、あなたに会えるって」

きらは微笑んだが、遼は笑えなかった。小さく唇をかみ、ぎゅっと拳を握る。

「すみません」

彼女が戸惑ったように首をかしげた。

「どうして謝るんですか?」

「ぼくのせいで迷惑をかけてしまって。山になんていかなければ……」

怖い思いをせずにすんだだろうし、ララを失うこともなかった。今のこの騒ぎだって、結局は自分で蒔(ま)いた種だ。

うつむく遼の向かいで、きらが身を乗り出してきた。テーブルにプチトマトが転がる。

「あなたがいなければ、私は自分の中にためこんだ涙で溺(おぼ)れ死んでいたでしょう」

小さな声で、だが、はっきりと続ける。

「あなたのことは忘れてしまったけれど、あなたの優しい言葉は私の中にちゃんと残っていて……、おかげで私は、母が亡くなった悲しみを思い切り吐き出すことができたんです」

茜が心配して預かるほど泣いたという、きら。

「あなたに会わなければ、お屋敷はお花一つない、じめじめした怖い場所のままだったし、きっとタロとジロを飼うこともなかった。もう一度オルゴール館を開ける気力だって、わかなかったかもしれない。全部遼さんのおかげです」

「――」

遼は、屋敷の玄関ホールの出窓に飾られていた花を思い出した。やんちゃで可愛い二匹のゴールデン・レトリバー。そしてオルゴール館。

そんなはずはない。すべてきらの努力だと思う。

(全部ぼくのおかげって……)

「ぼくはなにも……」

「いいえ。あなたはララを修理し、大切にもっていてくれました。傷一つない美しい状態で。本当に感謝しています」

「そんな……」

「遼さん」

呼びかけられ、遼は視線をあげた。いつの間にかテーブルをまわってきていたきらが、すぐ隣に立っていた。澄んだ黒い瞳が、一心にこちらをのぞきこんでくる。

「よろしければ、ウェブサイトに――オルゴール館のウェブサイトに書いてあったこと……、も、も、もう一度――」

バン！　と前庭に面したガラス戸が叩かれ、遼ときらは飛びあがった。

戸が半分ほど開き、篤と京平が立っていた。

「こっちの準備はできたぞ」

「そっちはどうかな～？」

二人の肩の辺りから立ちのぼっている殺気に遼は凍りつき、きらは瞬く間に元の位置に戻った。

「もも、もうできます！」

動揺したのか、彼女はプチトマトを鷲づかみにしてばらばらとサラダの上に落とした。

「はい、完成！　運びますね！」

大皿を両手でもち、ガラス戸から外へ出ていく。篤と京平があとを追い、残された遼はほっと体の力をぬいた。

（心臓に悪い……）

大きなお盆にスープ皿や取り皿、グラス、スプーンとフォークを載せて、ガラス戸へ向かう。

「坂垣くん」

外へ出た途端、横から低い声で呼びかけられ、あやうくお皿を地面にぶちまけそうになった。

「びび、びっくりした……」

そこに立っていたのは、茜だった。いつからいたのだろう。レースのカーテンが邪魔で見えなかった。

口元に手をあて、茜が声をひそめる。

「ねぇ、あなたたち、もしかして……もしかしてなの？」

「え？」

質問の意味がわからず、きき返す。彼女は無視してブツブツつぶやいた。

「あの子ったら、オルゴールしか興味なかったのに、いつの間に……。なんで教えてくれないのかしら」

少し悔しそうに唇をかみ、おもむろに顔をあげる。

「坂垣くん！　きらちゃんは、たまにとんでもないけど、おおむねよい子なの！」

「は？」

「きみもよい子みたいだし、おばさん応援するわ！」

その目は期待に満ちてキラキラと輝き、頬が紅潮していた。

「ナイトなんかに負けちゃダメよ！　さらに手強い（てごわい）のがいるんだから！」

「手強いの？」

「誠也さんと会長さんよ！　――そうね。もっと体力をつけたほうがいいわ。今のままじゃ、ちょっと頼りないっていうか……。お肉食べなさい、お肉！　レバカツのおいしいお店教えてあげるわ！　あと、毎朝牛乳を飲んで、おひさまにあたること！　いいわね！」

「……ぼくって、そんなにペラペラですか」

「――」

ぐっと茜が言葉につまる。数秒後、彼女はバシバシと遼の背中を叩いた。

「大丈夫！　若いんだもの、まだ間に合うわよ。……多分」

「多分？」

ほっほっほっ、と笑いながら去っていく茜を見送り、遼はがっくりと肩を落とした。

屋敷の前庭にある噴水の脇に、大きな白いテーブルとイス、そして赤いパラソルが設置されていた。

噴水を囲むようにつくられた花壇には、パンジーやガーベラ、ゼラニウムなどが咲き乱れている。日差しは強すぎず弱すぎず、時折気持ちのよい風が吹く。外で食べるには絶好の日和だ。

テーブルには籐のバスケットとサラダの大皿、スープ鍋、飲み物が入った大きめのペットボトル、お皿などが並べられている。

匂いをかぎつけたタロとジロが、物欲しげにクンクン鳴きながらきらにまとわりつき、首輪と同じ色の皿にドッグフードを入れてもらっていた。

「さぁ、用意はいいかしら？」

全員が席についたところで、茜がバスケットのふたをあけた。

「わぁ」

遼は思わず声をあげていた。

中には、サンドイッチがぎっしりとつめられていた。いつも祖父と二人だったから、この量だけで圧倒される。

（種類もすごい！）

ツナや卵のシンプルなものから、ボリュームたっぷりのカツサンド、彩り豊かなアボカドサンド、フルーツサンド、ロールパンを使ったホットドッグまである。

「おいしそうですね！」

「たくさん食べてね」

茜がスープをよそい、各自に手渡していく。オニオンスープだ。

「いただきま～す」

カツサンドを口いっぱいに頬ばった篤が、吠えるように叫んだ。

「うまい！」

あっという間に食べ終え、もう一つ手に取る。

「カツにぬってあるミソ、最高っす」

「ありがとう。赤ミソに、ちょっとした隠し味を加えてるの」

隣で京平がサンドイッチの具を確認していた。

「アボカドにハム、レタスと……クリームチーズ。かかっているソースが前と違う。醤油麹？」

「さすが京平くん、大当たり。合うでしょ？」

茜がグラスにお茶をつぎ、遼の前に置いた。

「坂垣くん、食べてる？　このメンバーで食事する時は、遠慮は無用よ。食べたいものは先に取っておくくらいの勢いでないと」

「あ……、はい」

ツナサンドをかじっていた遼は、つられてキュウリサンドに手を伸ばした。薄切りにして塩でもんだキュウリが、パンと同じくらいの厚みでぎっしりとはさまっている。料理本に出てきそうな一品だ。

「コロッケサンドもオススメよ」

「ありがとうございます」

そういう茜は、いつ食べるつもりだろう。彼女はテーブルの下でコソコソやっているきらを目ざとく注意した。

「きらちゃん。タロとジロにサンドイッチをあげちゃダメよ」

ギクリときらが肩をゆらす。彼女の左右で、とっくにお皿を空にした二匹がぶんぶん尻尾を振り回していた。

「生クリームのじゃなくて、ハムサンドよ。そんなに悪くないでしょ？」

「いけません。そうやって甘やかすから、いうことをきかなくなるのよ」

きらがわずかに唇をとがらせた。

「だって、可愛いんだもん」

同時に二匹がワンと吠える。

きらの子どものような言い分と、タロ、ジロの合いの手の絶妙なタイミングに、一同が爆笑した。

声をたてて笑っている自分に気づき、遼は不思議な気分になった。

小さい頃から、大勢で食事をするのは苦手だった。大人たちが集まると、たいてい遼の世話を押しつけられた不満や、両親の悪口が出てくるのだ。そのたびに、同席している子どもたちにジロジロ見られ、笑われたりする。

祖父に引き取られたあとも、親戚の集まりは似たような雰囲気だった。

(なのに……なんだろう、これ)

すごく楽しい。

みんな、遼の生い立ちを知らないからだろうか。でも、高校に通っていた時にクラスメイトと食べた昼食も、これほどリラックスできなかった。

お茶を飲み干し、コロッケサンドに手を伸ばす。

（楽しくて……おいしい！）

　バスケットの中身は瞬く間に空っぽになり、スープとサラダもきれいになくなった。

　茜は結局あまり口にしていないようだった。スープのおかわりを勧めたり、サラダを取り分けたり、飲み物をついだり……本当に世話焼きなのだろう。楽しそうに終始笑顔だ。

「若い子はいいわねえ。食べっぷりが気持ちよくて。嬉しくなっちゃうわ。──あら」

　ちょうど本館のほうを向いて座っていた彼女が、腰を浮かせる。

　玄関の扉が開き、背の高い男性が階段をおりてくる。髪を軽く後ろへなでつけ、品のいいスーツを着ていた。彫りの深い顔立ちに鋭い瞳、とがった顎、眉間に深いシワが寄っている。

「根木のおじさん！」

　きらが立ちあがり、近づいていった。根木という苗字から、茜の夫だとわかった。

「こんにちは」

「あぁ、こんにちは」

　きらに向かって発せられた声は、驚くほどハスキーで、感情がなかった。

　茜がテーブルをまわり、夫のほうへ歩いていく。

「あなた、ずいぶん時間がかかったわね。どうだっ──」

途中で言葉を切る。夫が無言で彼女の前を通り過ぎてしまったのだ。視線もあわせず、まるで見えていないかのようだった。

茜は数秒かたまり、やがて大げさにため息をついた。

「あらまぁ。面会が上手くいかなかったのかしら。仕方ないわねぇ」

苦笑し、きらの手をとる。

「じゃあ、私いくわね。後片づけをお願いしていい？」

「もちろん！　――ありがとう、おばさん」

「どういたしまして。みんなも、ごめんなさいね。これで失礼します」

遼たちは慌てて立ちあがり、お辞儀をした。

「ごちそうさまでした！」

いきかけて、茜は慌てて戻ってきた。

「そうだ、きらちゃん。宝探しはほどほどにね！」

「は〜い」

彼女は篤と京平にもクギをさした。

「二人とも、きらちゃんをよろしく。――坂垣くんも」

「わかりました」

三人で神妙にうなずく。茜は遠ざかる男性を追い、パタパタと走っていった。

見送って、篤と京平が口を開く。

「相変わらず過保護だな～」」

遼は横目でこっそりと二人を眺めた。

（人のこと言えるのかなぁ？）

「さて！」

きらが手を叩く。

「大急ぎで片づけて、オルゴール館へ戻ります！　ララはいないけど、できる範囲でからくりオルゴールを組み立てなきゃ！」

五

秘められた想い

『オルゴール館・かなで』の両開きの扉を開けると、広いフロアの真ん中に、大きなテーブルが置かれていた。テーブルにはウエディングケーキのような形の段が置かれ、色とりどりのオルゴールが飾られている。

（綺麗なディスプレイだなぁ）

ただ平坦に商品を配置するより、ずっと見やすい。

向かって左には三段の陳列棚。右にはカウンターと高価な商品を入れるケースが並んでいる。

「私、上から工具を取ってきますね」

きらがカウンターの向こうにあるドアを開け、奥へ消えた。ドアの向こうは小さな事務所になっていて、そこにある階段から二階の居住スペースへいけるのだという。

きらを待つ間、遼は店内を見てまわった。

とにかく、商品が豊富だ。ガラスや陶器でできたオルゴール。ぬいぐるみのオルゴール、万華鏡がついたものに、エッグアート、和風のオルゴールもあった。探しやすいように、ジャンル別にしてある。

（あ）

高級品が並ぶショーケースに、オルゴールボールが置かれていた。

（へぇ、青や赤いのもあるんだ）

大きさも様々で、子どもの拳くらいの物もある。遼は、胸ポケットにしまっていた銀のオルゴールボールを取り出し、見比べた。

「なにか、欲しいものが見つかりましたか？」

二階から戻ってきたきらが、隣に立った。髪を一つにしばり、工具の入った箱を手にしていた。

「いえ、オルゴールボールを見ていて……。これって、全部模様やサイズが違っているんですね」

「はい。基本的に、オルゴールボールは職人さんが手作業でつくっているんです。二つと同じ物はありません。遼さんに差しあげたのは、工房を見学にいった時にいただいたものです」

「へぇ」

大切にしなければ。そっと胸ポケットへ戻す。

「きら、ぼちぼちやるか」

篤と京平が、店の入り口から見て正面の奥へ向かった。そこにはもう一つ扉があり、開けると天井が高いホールになっていた。正面奥の壁際に半円形の舞台があり、その舞台を囲むようにして丸イスが並んでいる。

「ここで、日に何度か、オルゴールの実演を行うんです」

左右の壁に沿って、背丈より大きなディスクオルゴールやシリンダーオルゴール、手回しオルガン、オルガニート、ピエロのオートマタなどが置かれていた。

「うわぁ」

話題のからくりオルゴールは、舞台の上——正確には壁際にあった。

三角屋根の塔が、壁に半分うまるような形で立っていて、左右に林がある。木の枝には小鳥がたくさんとまり、穴からリスが顔をのぞかせている。林の陰には、犬やウサギ、鹿や熊の姿があった。

音が出ず、動かなくても、これだけで充分楽しめるオブジェだ。

「こちらへ」

舞台の右端にある小さな扉を開けて、きらが手招きする。のぞいてみると、幅三メートルほどの細い通路になっていた。ちょうどからくりオルゴールの裏側で、様々な仕掛けがむき出しになっている。窓はなく、天井から電球が一つぶらさがっていた。大きな歯車や複雑にはめられたゼンマイバネを見あげ、遼はため息をついた。

「すごいですね」

「でしょう？　自力でなんとか動かそうとしていたんですけど、複雑すぎて」

きらは床に置いてあった廃材や脚立をどかし、コンクリートの床に直接設計図を広げた。

「母が、すでに指輪を見つけていてもガッカリしない。むしろ鼻が高いと言っていたのは、DVDを観る前に私が音の『欠け』に気づいてパーツを集めるか、あるいは、すべて自力で完成させた場合を考えてのことでしょう。私は、子どもの頃から母のようなオルゴール作家になると決めていましたから」

確かに、シリンダーの細工に自分で気づいた……。または、これだけのからくりを――たとえ途中からでも――助力なしでつくりあげた……。どちらにしても、オルゴール作家の親としては誇らしいだろう。

「さぁ」

きらが腕まくりする。

「始めましょう」

とりあえず、ララ以外のパーツをはめこむことになった。ただし、集めたパーツは、単純にはめればよいというわけではなく、別のパーツと組み合わせたり、すでにセットされているパーツを一旦外す必要があったりと……微調整が必要だった。

篤、京平はもちろん、遼も、こんなに複雑なオルゴールを修理した経験はないので、きらに工具を渡したり、パーツの大きさを測ったり、脚立を支えたり……、ひたすら助手に徹していた。

きらは黙々と手を動かした。気が遠くなりそうな細かい作業の連続だったが、彼女は嬉しそうだった。

「——できた！」

舞台中央にある塔に金の鐘を設置し終え、きらが脚立の上で万歳をした。

下で、篤、京平、遼が拍手をする。

「やっぱり、ララを台座にセットしないと動かないみたい。残念だけど——あぁ、楽しかった！」

休憩どころか、ほとんど水も飲まずにいた彼女は、清々しい笑顔で一つにしばっていた髪をといた。

「手伝ってくれてありがとう、遼さん。篤兄さんと京平ちゃんも」

「どーいたしまして」

設計図を丁寧にたたみながら、きらがうっとりと続けた。

「まるで母と共同作業をしていたみたい。あっという間……夢のようなひと時だったわ」

「「「あっという間？」」」

片づけを行っていた助手三人が、同時につぶやく。その生気のないカサカサの表情に、きらが不思議そうに瞬きをした。

「どうしたの？」

「お嬢さん、とりあえずここから出てみませんか？」

京平が慇懃に扉を示す。展示室から店舗へ出たきらが、小さく悲鳴をあげた。

「きゃー、真っ暗！　うそ！　もう七時？」

「……とりあえず、解散？」

お客さん用の丸イスに座りこんだ京平に、篤が深刻な表情で言う。

「いや、飯だろう」

「料理する体力なんて残ってないよ」

「やっほー！　みんな、いる？」

絶妙なタイミングで、店舗の扉が叩かれた。きらが鍵を開けると、両手に大きな袋をさげた雪菜が入ってきた。

「どう？　進展あった？　あ、これ、差し入れねー」

助手三人の顔に生気が戻る。

「うおぉおおお、食い物の匂い！」

「さすが雪菜さん！　気がきく～！」

「ありがとうございます！」

男どもに突進され、驚いた雪菜はあやうく袋を落としかけた。素早く篤がキャッチし、袋に顔をつっこむ。

「なんてこった！　ハンバーガーだッ！」

「こっちはポテトとコーラ」

「ナゲットもありますよ！」

めいめい、とにかく手にした物を口に運ぶ。

「あ～！　立ったままで！　遼さんまで！　行儀悪いですよ！」

きらが両手を握った。

「それに、館内飲食禁止です！」

追い立てられるように二階へ移動した男どもは、ダイニングキッチンのテーブルにつくなり、ガツガツと食べ物を咀嚼（そしゃく）し始めた。あとから入ってきた雪菜が苦笑する。

「なに？　断食（だんじき）でもしたの？」

「すみません、雪菜さん。助かりました。ありがとうございます」

きらが恥ずかしそうにお辞儀をした。

「いーよ。どう？　金庫開いた？」

「はい！」

　一通りきらの説明をきくと、雪菜は「へぇ～」と目をみはった。

「その冬彦って人が、人形をもってるかもしれないんだ。上手く確認できたらいいのにねえ。こっそり取り戻せたらもっといいけど。どこに住んでるの？」

「経営してるバーの、近くのマンションだったと思う」

　胃袋がある程度満たされ、一息ついた京平が答える。篤はまだ物足りないようで、ナゲットを口に放りこんでいた。

「独り暮らし？」

「結婚はしてない。彼女の有無は不明」

「じゃ、誰かが彼を見張っておいて、バーにいる間に残りのみんなで自宅へ侵入、一斉捜索……とか？　合鍵、手に入らないの？」

「そうだねぇ」

　京平がテーブルに頬杖をつき、少し考えた。

「きらの屋敷にきた時に拝借するっていうのが、一番いい手じゃないかな」

　ナゲットを食べ終えた篤が手を打つ。

「なるほど。親父(おやじ)さんと連絡がついた、とでも言って呼び出すか。——よし！」

勢いよく立ちあがる。

「じゃあ、合鍵が手に入り次第決行ってことで！　それまでは絶対に先走るなよ。——特に、遼！」

「ぼく？」

初めて名前を呼ばれ、遼は飲んでいたコーラをふきだした。

「弱っちぃくせに、無茶しやがって。待機中に体鍛えとけ！　いいな！」

「え——」

「返事！」

「は、はい！」

「では、解散！」

号令をかけ、篤は雪菜に視線を向けた。

「ごちそうさん。車があるから、送ってくよ」

すかさず京平が「俺もお願い！」と両手をあわせる。

「きらは？　屋敷に帰るんだよな？」

篤の問いに、彼女はうなずいた。

「おじいさんに報告しなきゃ。自由にやるかわりに、進展があったら知らせるって約束してるの」

「そうか。遼は――」

「ぼくはいいです。すぐそこですから」

『エトワール』はオルゴール館の通りの向かいにある。まだ七時すぎだし、わざわざ送ってもらうほどではない。

「雪菜さん、ごちそうさまでした」

空の容器を片づけようとした遼を、篤が止めた。

「あとは俺たちでやる。今日は疲れたろ。もう帰って休め」

「そうだよ。早くいきな。ブランが待ってるよ～」

にまぁっと笑う京平の後頭部を篤がはたき、首をかしげる遼に手を振った。

「気にするな。おやすみ」

「はぁ……。おやすみなさい」

雪菜ときらにも挨拶（あいさつ）し、階段をおりる。

「遼さん」

店舗の扉から外に出たところで、遼はきらに呼び止められた。彼女は一人で外へ出てきた。

「今日はごめんなさい。退院されたばかりだったのに……。体調は大丈夫ですか？」

「平気です。大したケガじゃなかったですから」

病気だったわけでもない。

「私、つい夢中になってしまって。今日、ご予定があったんじゃ……？」

「――いえ」

確かに、挨拶まわりや開店準備をするつもりだった。が、実は今言われるまですっかり忘れていた。

「大丈夫です」

明日でも許されるだろう。

「本当にすみません」

謝るきらに、遼は笑いかけた。

「今日は楽しかったです。綺麗なお屋敷を見られたし、犬に飛びつかれたのも、ネコに引っかかれたのも、みんなでワイワイご飯食べたのも初めてで……」

口に出してみたら、じわじわと胸が熱くなって、本当に楽しかったのだと実感できた。

「オートマタを取り戻す時は、呼んでくださいね。ちゃんと最後まで見届けたいんです」

暗がりで、きらが微笑むのがわかった。

「はい。必ず」

手を振って別れ、遼はメインストリートを横切った。裏口ではなく店舗の鍵を開け、中へ入る。

（しまった。電気のスイッチがカウンターの向こうだ）

後ろ手に施錠し、そろそろと進む。ダンボール箱につまずきそうになって、慌てて踏みとどまった。

（みんなみたいに、ポケットサイズの懐中電灯を携帯したほうがいいなぁ）

都会のオアシスには街灯が少なく、外の明かりがほとんど入ってこない。なんとかカウンターと思われる台に手をつき、その向こうへ回りこむ。

（ん？）

ネコの鳴き声がきこえた気がした。ダイニングキッチンの方向だろうか。

（本当にブランがきてる？　どこから入ったんだろう？）

不思議に思い、すぐに答えを導き出した。

（裏口の横の窓、昨日の夜に開けたあと、閉めた記憶がない……）

「ウニャウ――」

またきこえた。なんだか不機嫌そうな唸(うな)り声だ。

(夜は親切なんじゃないの?　また引っかかれたらイヤだなぁ)

スイッチを求めて壁に手を伸ばした瞬間。

「!」

ぐっと誰かに手首をつかまれた。

ひやっと背筋が寒くなると同時に、みぞおちに強い衝撃を受けた。おそらく、拳がくいこんだのだろう。

(あ……!)

あの唸り声は警告だったのだ。

気づいた時にはすでに遅く、遼は意識を失った。


ナウーアウーウーウーウーウー。

奇妙なサイレンの音がきこえる。

(うるさいなぁ)

遼は顔をしかめ、目を開けようとしてビクリと体を震わせた。

まぶたがなにかにおおわれているようで、上手く開かない。感触からして、布だろうか。

（！）

カウンターの内側で何者かに襲われたことを思い出し、鳥肌が立った。

（どのくらい気絶してた？）

場所は？　どこかへ運び出されただろうか？

冷たい――おそらく床に、右肩を下にして横たわっている。起きあがろうとしたが、両手が後ろで縛られていて動けない。ばたつかせようとした足も左右まとめて拘束されていた。口にも、なにかがべったりはりついている。

アウー、アー、オウー。

その間にも、サイレンは鳴り続けていた。他にもバタバタと足音がする。

「黙れ、くそネコ……っ！」

（ネコ？　このサイレン、ネコの鳴き声？）

ブランだろうか。

（ってことは、ここはエトワール？）

どこかへ連れ出されたわけではなさそうだ。時間は？　きらたちは、もう帰ってしまっただろうか。この騒ぎに気づいてくれたら……。

「ギャン！」

不意に短い悲鳴があがり、静かになる。

なにが起こったかわからないが、不吉なまでの静けさに心臓がしめあげられた。

（ブラン！）

叫んだけれど、ふさがれた口からは、不明瞭な声がもれただけだった。

「手間かけさせやがって」

足音が近づいてきて、近くに人が座る気配がした。

「起きたか、チビ」

耳元でくぐもった男の声。革の手袋をはめた手が、首にからみついてくる。

「騒ぐなよ。大声を出せば殺す。いいな？」

昨夜の男と同一人物……だろうか。

（つまり、冬彦さん……？）

首にからみついた指に力がこめられ、急いでコクコクとうなずいてみせる。

「なぁに、質問に答えたら、すぐ解放してやる。——あの人形についてだ」

（やっぱり、昨夜の男だ）

問題は、それが冬彦なのかということ……。

「お前、人形に隠された暗号について、なにか知ってるんだろう？　全部話せ」

（この質問をしてくるってことは……冬彦さんで間違いないよね？）

暗号については、彼にしか話していない。

頰や唇の辺りが引っ張られ、ベリッとなにかがはがされた。ガムテープだろうか。

遼は息を吸いこんだ。

「先に人形を返してください。そしたら教え――！」

お腹に激痛が走り、げぇっと声がもれる。ハンバーガーとナゲットが喉までせりあがってきそうになった。蹴られたに違いない。

「立場がわかってないようだな」

男の声が一段低くなる。遼の背中を冷たい汗が流れた。

（怖い……けど）

今、恐怖に屈したら、もうオートマタは取り戻せないかもしれない。

（イヤだ。ララは絶対にきらさんのもとに帰すんだ）

大切な『仲間』を助けなければ。

遼は必死で頭をもちあげた。

「お願いします。人形を返し――」

最後までしゃべることができなかった。再び首に指がからみつき、ものすごい力で絞めあげられたのだ。

「！」

叫ぼうにも声が出ない。空気を求めて体が勝手に暴れ出す。しかし、縛られていて、ほとんど動けない。ドクドクと全身が脈打ち、顔がカアッと熱くなった。

（もうダメだ……）

諦めかけた時、信じられないことが起こった。

「やめて！」

突然、女の声が響いたのだ。

もう一人いた――いや、それより遼が驚いたのは。

「死んじゃうわ！」

その声に、きき覚えがあった。

（まさか……）

首から手が外れ、遼は激しく咳きこんだ。なんとか呼吸を整えながら、最初に胸にわきあがった思いは、「信じられない」だった。

（ウソだ……でも、確かにあの人の声……。いったいなぜ……？）

様々な感情が入り乱れ、混乱する。

「はっ」

男が鼻で笑った。

「なんだよ。俺が悪者みたいな言い方しないでほしいな。話をもちかけてきたの、そっちだろ？」

「――」

女が押し黙る。男の手が遼の胸倉をつかみ、上半身を引き起こした。

「どうだ。しゃべる気に――」

キンコーン。

いきなり間の抜けた音が響き、男が口をつぐむ。遼も一瞬状況を忘れ、ポカンとした。

（なに、この音？）

キン、コーン。

（あ）

店のチャイムだ。初めてきいた。

続いて、コンコンと扉をノックする音。

「遼さん」

(きらさんだ！)

異変に気づき、助けにきてくれたのだろうか。

「いらっしゃいますよね？　忘れ物を届けにきました」

(忘れ物——した？)

なんでもいい。とにかくこのピンチを伝えなければ。

叫ぼうとした遼の口に、なにかが突っこまれた。やわらかな感触——タオルか。さらに音を立てないように、床に体を押しつけられる。

「遼さん？」

きらは何度か呼びかけてきたが、やがて静かになった。帰ってしまったと絶望しかけた時、別の声が響いた。

「遼く～ん！　寝ちゃった？」

雪菜だ。

「おーい。起きてー！」

ガタガタ、ガタガタ……。扉を揺さぶっているようだ。さらに——。

「あれ？　今、なにか動かなかった？」

「え、そうですか？　真っ暗で、よく見えないです」

「きらちゃん、ちょっと懐中電灯貸して。そっちのガラスの所から照らしてみるよ」

遼のそばで、男が小さく舌打ちした。

「体を低くして、奥の部屋へ」

一緒にいる女に向けた言葉だろう。彼は遼の服をつかみ、そうっと引きずった。

きらたちの声のきこえ方や会話の内容からして、ここは店舗に違いない。

店の外に面したガラスや出窓には、シャッターもブラインドもついていない。どのみち山積みのダンボール箱が邪魔でよく見えないだろうが、念のためダイニングキッチンへ移動するつもりらしい。

引きずられた体の下に痛みを感じ、靴脱ぎ場から一段高くなっているダイニングキッチンへ入ったことがわかった。段差の角があたったのだ。

（このまま裏口から逃げられてしまったら……）

まさか、遼を置いていってはくれまい。

なんとか口の中の物を吐き出そうとしていると、男が動きを止めた。

また別の声がする。

「おい、急げ」

「わかってるって。引っ張らないでよ」

ガチャリと鍵が開くような音。

（そうか！　裏口の合鍵！）

うやむやのまま、返してもらっていなかった。きらの言う忘れ物とは、鍵のことだろう。

しかもあの声は、篤と京平だ。

「！」

男が動揺する気配があった。表にも裏にも複数の人がいる。

「どうするの」

怯えた女の声。

「しっ。確か、こっちに扉が——」

（まずい！）

靴脱ぎ場にもう一つある扉といえば、工房の入り口だ。

祖父がアンティーク家具を修復するために使う予定だった部屋で、大きな機械や工具が梱包されたまま無造作に置いてある。あそこに隠れられたら、気づかれないかもしれない。

しかも、搬入用の扉があるのだ。

きらたちは、店舗の扉と裏口しか知らないはず。このままでは——。

（外へ出られてしまう！）

　あせるものの、なにもできないまま、遼の体が宙に浮く。担ぎあげられたようだ。引き戸を開閉するかすかな音。木の香りが強くなり、工房に入ったのだとわかった。

「誰もいないな」

　篤の声が、先ほどより遠い。

「お店には、ブランしかいませんでした」

　と、きら。表にいた彼女も、中に入ってきたようだ。京平が、「二階を見てこようか」と言っている。

（違う！　ここだよ！）

　居場所を伝えようと、遼は死に物ぐるいで縛られた手足を動かそうとした。だが、口をふさがれて酸欠になったのか、単に恐怖のせいか、気が遠くなってくる。

「出口だ！」

　男の、やや上ずったささやき。

「早く」

　すぐ後ろについてくる女の声。

（もうダメだ……）

意識が途切れる寸前、チリンとかすかな音をきいたような気がした。

チリチリチリ……。

星のような響き。

（どこかできいた……？）

小さな疑問を残し、遼は完全に気を失った。


「――ん。遼さん！」

頬に冷たいものがふりかかってきて、遼はうっすらと目を開けた。

「あ……」

真上にきらの顔がある。澄んだ黒い瞳から大粒の涙がこぼれていた。

（キレーだな……）

ぼやっと見とれていると、誰かに額を叩かれた。

「起きた？」

京平だ。一気に記憶が戻り、遼は飛び起きた。

手足が自由に動き、口の中の物も取り除かれている。もちろん目隠しも外れていた。急いで辺りを見回す。

場所は……工房の、搬入口のそばだ。床に篤の上着が敷かれ、その上に寝かされていた。自分の右手側にきら、左手側に雪菜、頭のほうに京平、そして足元の、やや離れた場所に篤が立っている。

「あ！　ブラン！」

遼は叫んだ。

「ブランが……！」

立ち上がろうと床についた右手に、やわらかな物がふれた。白ネコが頭をすりよせてくる。

「よかった。無事だったんだね！」

どっと緊張がとけ、抱きしめる。あたたかな体から、おひさまの匂いがした。

「遼さんこそ……無事でよかったです」

きらが両手を広げ、ブランごとぎゅっと抱きしめてきた。

「本当だよ～」

雪菜も涙目だ。京平が感心したようにつぶやく。

「ペラペラくんって、つくづく悪運が強いよね」

オルゴール館の戸締まりをした四人は、遼のピンチに気づかず、車で出発しようとしていたという。しかし、きらが合鍵を返し忘れていることを思い出したのだ。

「通りを渡ってお店に近づいていったら、中から変な音がしていて――」

さすがにあの『サイレン』がネコの鳴き声だとはわからなかったらしい。

「かと思えば、扉の前に立った時には、ピタッと静かになってさ」

なんだかおかしいと、まずきらがチャイムを探し、押してみたのだという。

「まったく返事がないから、さらに変だってことになって」

なぜなら、遼は店に帰ったはずだし、先ほど音がしていたのだから。

「中に誰がいて、なにが起こっているのかわからなかったけど、とにかく注意をひくために、きらと雪菜さんが表で騒いで、そのスキに俺たちが裏から入ったんだ」

中に入った篤と京平は、まず店舗の扉を開けてきらたちを入れ、四人で一階を捜索した。見つかったのは、店の隅(すみ)にうずくまっていたブランだけだった。若干怯えていたが、外傷はなく、普通に動けたという。

「けど、よくぼくの居場所がわかりましたね」

二階へいこうとしていたのではないか。

「それも、きらのおかげだよ」

京平が、まだ遼に抱きついているきらの肩に手を置き、さりげなく引き離した。

「――これ」

彼女が手の平を差し出してくる。そこには、シルバーの玉が載っていた。

「オルゴール……ボール」

「はい。これが床に落ちて、音が響いたんです」

「あ！　ぼく、胸ポケットに入れていて……」

担がれて運ばれる途中で、ポケットから落ちたのだろう。意識を失う寸前に、チリチリと星のような音がきこえた。

「助かりました。ありがとうございます」

受け取ったシルバーの玉を手の平で転がし、そこでようやく遼は最も重要なことに気づいた。

「あの人たちは？」

「いるよ。そこに」

京平が、遼が寝かされているのと反対側の壁際を指差す。

一際大きなダンボール箱にはさまれるようにして、男が一人座っていた。

（やっぱり）

冬彦だ。床に直接あぐらをかき、両手を後ろに回して……縛られているようだった。彼は遼と目があうと、唇をゆがめるようにして笑った。

「悪ぃな、チビ。全部、頼まれてやったんだよ。アイツには世話になったし、報酬を弾むって言われてさ」

顎で示した先は、遼から見てちょうど篤の後ろだった。

「――」

篤がそっと体をずらす。すでに彼女の正体を察していた遼だったが、それでも実際に確認するとショックを受けた。

「茜……さん」

床に横座りになっていたのは、きらの伯母、根木茜だった。縛られていないかわりに、篤がぴたりとそばについている。

遼はごくりとツバをのんだ。

「どうして……」

あんなにいい人だったのに……。

きらを心配して叱る姿。応援するわと言った時の、楽しげな目の輝き。バスケットにぎっしりとつめられたサンドイッチ。明るい笑い声……。

　あれは全部、演技だったのだろうか。大人のウソに慣れている遼にも、信じられなかった。

「なにかの間違いですよね？　――そうだ！　冬彦さんの犯行を止めようとしていた、とか……」

「――」

　茜は強張った顔でうつむき、答えない。かわりに京平が言った。

「冬彦おじさんの話では、主犯は茜おばさんで、自分は頼まれて手伝っただけなんだってさ。肝心の茜おばさんは、全然しゃべってくれないし」

「――」

　きらが唇をかんで立ちあがった。

「警察に」

　ぎゅっと両手を握る。

「電話してきます」

「いいの？」

　雪菜の問いに、きらがうなずく。彼女の顔は茜よりも青かった。

「待ってください！」

遼は手を伸ばした。

「二人とも親戚じゃないですか！　それに、茜さんは、きらさんと仲が良くて……お母さんみたいで……」

屋根から落ちそうになったきらを助けるため、無我夢中で駆け出した姿が脳裏をよぎる。あの行動は、相手を心から愛していなければできないはずだ。

「きっと、事情があるんですよ！」

「えー、そうかなぁ」

反論したのは京平だった。彼は皮肉げに唇のはしをあげた。

「お金が欲しかっただけじゃない？　旦那さんの会社、上手くいってないんでしょ。あー。もしかして、旦那さんに頼まれたとか」

「違うわ」

ずっと沈黙を守っていた茜が、口を開いた。視線は床に落としたまま、かたい口調で。

「あの人が私に頼みごとをするなんて……あり得ない」

「じゃあ、どうして」

遼の問いに、彼女はちらっときらを見た。

「取り戻そうとしたのよ」

「?」

「あの指輪は、私のものよ」

「??」

全員の困惑を感じ取ったのか、突然茜が甲走った声をあげた。

「だって、そうでしょ！　最初は、私が誠也さんとお見合いする予定だった！　彼と結婚するのは私だったはずよ！　あの指輪は、私がもらうはずだったのよ！」

「——」

五人は互いに顔を見あわせた。

「でも……」

きらが戸惑いがちに口をはさむ。

「その頃、おばさんはおじさんと付き合ってたんでしょ？　お見合いが流れたおかげで、好きな人と結婚できたって言ってたじゃない」

「ええ」

目をそらし、どこかふてくされた表情で茜が答えた。

「そうよ。そうですとも。私は恋をして、望む相手と結婚した。幸せだった。——でも、その幸せは、長くは続かなかった」

頬がひきつり、目が暗い輝きを放つ。

「彼が欲しかったのは、私ではなく、実家の会社とのつながりと、自分の子どもだったの」

会社の経営が厳しくなると、彼の態度は冷たくなったという。

「決定的だったのは、……赤ちゃんを……二度も流産してしまったこと。もう次は期待できないと医師から告げられると、彼は完全に私への興味を失ったわ」

今では会話どころか目も合わせないという。

遼は、きらの屋敷で見た夫婦の様子を思い出した。話しかける茜を無視して通りすぎてしまった男性の姿を。

「でも、外聞が悪いから離婚はしないんですって。それに、私がいれば、きらと……ひいては遠江家とつながっていられるしね」

茜が自嘲的に笑った。

「私に比べて、さくらは……なんて幸せなのかしら。死んでも誠也さんに愛されて……。あの人、さくらのヘアピン一つまで大切に残しているんでしょう? 十年もたつのに、他の女性には見向きもしない。しかも、こんなに可愛い娘まで……」

きらの肩が、ピクリと震える。

茜は空中に視線をさまよわせた。

「人生って不思議よね。あの時忘れ物をしなければ、それをさくらにもってきてもらわなければ……。誠也さんと結婚していたのは私だった」

（あ）

遼は胸の中で小さくつぶやいた。彼女は、屋敷の玄関の前でも同じようなことを言っていた。もしかしたら、長い間繰り返し想像していたのかもしれない。きらの父親と結婚している自分を。――そして、現実と想像の世界が入り混じってしまい――。

「どうかなぁ」

京平が白けた目を茜に向けた。

「さくらおばさんが忘れ物を届けにこなくても、なんだかんだで、茜おばさんは断ってたと思うよ」

彼の意見に、茜はカッと赤くなった。

「いいえ、結婚したわ！　さくらさえこなければ、誠也さんと結婚してた！　あのお屋敷に住んでいた！　きらを産むのも、私だったはずなのよ！」

最後は、金切り声になっていた。京平が耳をふさぎ、「おばさん、壊れてるよ」と小声で言った。

茜は周囲の視線も気にせず、イライラとツメをかんだ。

「自分の物を取り戻して、なにがいけないの。全部正しい方向へ戻さなきゃ。やり直すの。そのために、まず指輪から……」

「茜おばさん……」

たまりかねたように、きらが一歩踏み出す。茜が唇を震わせて怒鳴った。

「なによ！　そんな目で見ないで！　どうせ私をおかしなババァだと思ってるんでしょ！　でも、私は悪くないわ！　さくらのせいよ！　あの子が私の幸せを引っ繰り返して、メチャクチャにしたの！　怒るならさくらに怒ってよ！」

「やめて！　怒ってなんかない！」

ついにきらが叫んだ。屋根が吹っ飛ぶのではないかという勢いで。

「――」

茜が黙りこみ、室内が静まり返る。

きらはぜいぜいと呼吸をし、乱れた心を落ち着けるように拳を胸に押しあてた。

「怒ってなんかない。ただ――悲しいの」

言い終わらぬうちに、涙が頬を伝っていく。

「なんで言ってくれなかったの？　赤ちゃんのこと、私、全然知らなかった。おじさんのことも……忙しいだけだと思ってた……」

幼い子どものように手の甲で涙をぬぐい、きらは真っ直ぐに茜と向き合った。

「お母さんが亡くなった時、茜おばさんは、いつまでも泣きやまない私を、ずっと抱きしめていてくれた。一緒に泣いてくれた。お花の育て方を教えてくれた。タロとジロを譲ってくれた。私……、私……」

声が震え、言葉が途切れる。もう一度涙をぬぐい、きらは息を吸いこんだ。

「私、茜おばさんが好きなの。これまでも――今も、同じくらいに」

「――」

茜が殴られたように全身を震わせた。得体が知れぬものを見る目できらを眺め、すぐに視線を逸らす。

「なに……言って……。好き……？」

呆然とつぶやき、激しく首を横に振る。

「……違う……。私、は……だって……私……」

何度も荒く息をはき、彼女は両手で顔をおおった。

「仕方なくて……他に、どうしたらいいか……。でも……あぁあ」

苦しげに、うめく。

「どうして——こんな……ことを……」

身をよじるようにしてすすり泣き、やがて顔をおおったまま言った。

「ごめんなさい。……警察を呼んで」


結局、警察は呼ばなかった。

話し合った結果、会長であるきらの祖父に、判断をゆだねることにしたのだ。篤と京平、きらが、茜と冬彦を車に乗せて、遠江の屋敷へ連れていった。

その前に、茜は遼に、近くの茂みに隠した車のトランクからオートマタをとってきてほしいと頼んできた。自分の手できらに返したいから、と。

彼女は、暗号の秘密をききだしたらすぐに確認できるように、ここまでもってきていたのだ。幸い、ララは無傷だった。

屋敷に二人を送り届け、きらたちが祖父に事情を説明し終えた時には、夜の十時を過ぎていた。

誰が言い出すでもなく、五人はオルゴール館に集まった。

「――ごめんなさい」

展示室の丸いイスに腰かけると、きらがみんなに頭をさげた。

「きらちゃんのせいじゃないよ」

隣の雪菜が、きらの手を握る。

「そうですよ」

遼も言った。

「きらさんは、ぼくを助けてくれました。茜さんのことだって……仕方なかったですよ」

「――だな」

篤がうなずく。

「じい様がどんな判断をするかわからないが、今回の件をきっかけに、旦那さんと話し合うなり、カウンセリングを受けるなりすればいい」

「離婚になっちゃうかも、だけどね」

京平が肩をすくめる。

「それはそれで、いいんじゃない？」

雪菜が珍しく強い口調で言った。

「目も合わせない生活を続けるより、健康的な気がする。――きらちゃんは」

きらの顔をのぞきこむ。

「どうなっても、茜さんのことが好きなんでしょ?」

「――」

こくりときらがうなずいた。

「それって、すごく幸せなことだよ。茜さんも、自分が幸せだって、ちゃんと気づくよ」

もう、気づき始めているかもしれない。だからこそ愚かな行いを悔いて、自分から警察にいくと言ったのではないだろうか。

「もう一度、会えますよね?」

きらのつぶやきに、全員が大きくうなずいた。

「ララ……」

きらが、腕に抱いていたララに頬を寄せた。

「今度こそ、本当にお帰り」

「ねぇ、きらちゃん」

雪菜がつとめて明るく提案した。

「遅い時間だけどさ、今、からくりオルゴール、完成させちゃったら? 発表会しようよ！」

「え——」

きらは少し驚いたように雪菜を見た。続いて篤、京平、遼——。みんながうなずくと、ふわっと笑った。

「はい！」

からくりオルゴールはほぼ完成していて、あとはララを所定の台にセットするだけだった。きらは舞台裏に入ると、十五分ほどで作業を終えて出てきた。

「では、ただ今から、からくりオルゴールの実演会を始めさせていただきます」

舞台の脇に立ち、お辞儀をする。遼たちは横一列に並んで丸イスに座り、拍手をした。

「本来は、二人がかりで舞台裏のハンドルを回し、空気を送り込んで動かすのですが、あんまり大変なので、電気を使います。スイッチを入れてきますので、少々お待ちください」

オルゴールをいじると、きらは元気になるようだった。ハキハキと説明し、再び舞台裏に入って、今度はすぐに出てくる。そのまま隅のイスに座ろうとした——が、四人に手招きされ、真ん中に移動した。遼はきらの右隣にいた。最初は雪菜が座っていたのだが、素早くかわってくれたのだ。

篤と京平に見咎（みとが）められる前に、ガコンと音がして予想以上に大きな音色（ねいろ）が響いた。

曲は――『いつか王子様が』。

（うわぁ！）

小鳥たちが、いっせいに動き出す。木の穴からリスが身を乗り出し、林の間から犬やウサギ、鹿や熊が顔をのぞかせた。

やがて、右の林の陰から男の子、左から女の子が出てきた。それぞれ前後に動き、首や尻尾を振る。ララとはまた違う人形だ。糸などで吊るしてあるわけではなく、小さな台に固定して、舞台の下から台を動かしているようだった。

二人は舞台の中央へやってくると、時計回りに一周、反時計周りに一周まわった。二人とも同じ方向に動くため、追いかけっこをしているように見える。――と、三周目で、男の子が逆方向に移動し、女の子と顔をあわせた。

ここで、一曲目がおわり、リーンゴーンと塔の鐘が鳴った。屋敷の鐘楼から外してきた鐘だ。

鐘の音が完全に消えると、自動的に二曲目が始まった。

（『きらきら星』！）

遼は思わず身を乗り出した。

ララに組み込まれていたものよりも荘厳な音色。まるでオーケストラだ。

塔の扉が開き、中からララが出てくる。バラの花はもっていない。台をつけかえたため
か、立った状態だった。

ララと女の子と男の子が、楽しげに踊り出す。

（そうか……）

唐突に気づいた。

（最初に現れた二人は、きらさんのお父さんとお母さんなんだ）

二人が出会い、きらが生まれる。

遼は横目できらをうかがった。

彼女は、食い入るようにからくりオルゴールを見つめている。瞳は喜びに輝き、頬には
涙が流れていた。

「あ」

誰かがつぶやく。

舞台中央の床に丸い穴が開き、下から一輪のバラが出てくる。茎(くき)は真っ直ぐな棒で、先
端に大きな赤い花がついていた。その花の真ん中に、光る物が載っている。

（指輪！）

ララはバラに近づき、下からすくいあげるようにして、花ごと指輪を取った。花が彼女

の手に移ると、茎の部分はするすると舞台の下へ消えていく。

ララは真っ直ぐ舞台のふちまでやってくると、瞬きし、なにかを探すように辺りを見回した。

「きらさん」

このあとの動作を知っている遼は、思わずきらの手を取り、舞台に駆け寄った。

ララがバラの花を——指輪を——きらに向かって差し出した。「どうぞ」というように、小さな唇が動く。

きらが震える手を伸ばし、ララからダイヤの指輪を受け取った。

「……お母さん……」

彼女は半ば呆然と指輪を見つめ、ララを見つめ、最後に隣の遼を見あげた。うなずいてみせると、実感がわいたのか、にっこりと笑う。

そして振り返り、ガッツポーズをするように、高々と指輪をかかげてみせた。

篤たちがいっせいに拍手をし、立ちあがった。

「やったね、きらちゃん！」

「すごい仕掛けだな」

「それが一千万？　ちょっと触らせて！」

三人に指輪を差し出すきらの耳元で、遼はささやいた。

「おめでとうございます、きらさん」

きらは驚いたようにパッと耳に手をあて、首まで赤くなって小さくうなずいた。

ある朝目覚めたら

「…………」

『エトワール』へ帰った遼は、へっぴり腰で自分の部屋をのぞきこみ、ビクビクしながら壁のスイッチに手を伸ばした。パッと室内が明るくなる。目出し帽の男はいない。もちろん、ウエディングドレス姿の美女も。

「ナァ」

小さな鳴き声がして、ベッドで丸くなっていたブランが頭をもたげた。

遼は小さく笑って、彼女の隣に腰をおろした。

「ありがとう、ブラン。きみのおかげで助かったよ」

あの『サイレン』がなければ、異変に気づいてもらえなかっただろう。

(襲われたのが夜でよかった)

彼女が親切なのは夜だけだ。昼間なら、無視されていたかもしれない。

「ケガは大丈夫？　痛いところない？」

ブランは小さくアクビをした。

「うん。今日は疲れたよね」

でも、胸がドキドキして、目がさえている。ドキドキは、不安ではなく感動だ。

「オルゴールって、あんなに大きくて綺麗な音色なんだ。音に包まれているみたいだったよ――」

　キンコーン。

　出し抜けにチャイムが鳴り、遼は目を見開いた。

（誰だろう？）

　すでに時刻は零時近い。怖々と下へおり、店の明かりをつけた。

「遼さん？」

　きらだ。なにかあったのだろうか。遼は急いで扉を開けた。

「どうしたんです？　合鍵は返してもらいましたよね？」

「――」

　きらは遼の足元に目をやった。ブランが足首に頭をすりつけている。

「ブラン」

　きらは地面に膝をつき、白ネコに向かって丁寧に頭をさげた。

「申し訳ありません。今夜だけ、お役目をかわっていただけませんか？」

　ナゾのお願いに、遼は首をかしげた。

（お役目？）

　ブランはまるできらの言葉を理解したかのように「ニー」と鳴き、するりと外へ出ていった。

「え」

昨夜外へ運び出そうとしたら、あんなに嫌がったのに……。

「なんで？　お役目ってなんですか？」

きらは立ちあがった。

「ブランは、弱っている人を見つけると、添い寝して、なぐさめてくれるんです」

「は――？」

「ブランの名前は、ブランケット……つまり毛布からとったそうです」

弱っている人に添い寝……。

もう一度頭の中で繰り返し、遼はようやく理解した。

「ブランが待ってるよ～」という京平のからかうような口調。「おじいさんが亡くなったばかりなんだぞ」と叱る篤。神妙な表情だったきら。

つまり――。

(賢蔵さんが亡くなって、メソメソしてると思われた！)

大切な人を失ったのだから気落ちして当然で、べつに情けないことではない。しかし、ネコに添い寝してなぐさめてもらっていたのだと思うと……、おまけに、それをみんなに知られてしまったなんて……、ものすごく恥ずかしい。

　体中の血液が、顔にかけのぼってくる。

「ぼ、ぼくっ……弱ってなんか――！」

　ショックで言葉にならず、口をパクパクさせる遼に、きらが微笑(ほほえ)んだ。

「大丈夫です。今夜はかわってもらいましたから」

「いや、そうじゃなくて……。んん？　交代って……、余計ヤバいんじゃ……！」

「遼さん」

「とにかく！」

　ぐるぐる目が回りだし、遼は叫んだ。

「ぼくは、平気、です！　ひ、一人で、大丈夫！　おやすみなさい！」

　扉を閉めようとしたが、一瞬早くきらが入りこんできた。ブランもかくやという素早さだ。

「一人で大丈夫なんて、そんなはずないです」

「いいえ！　大丈夫です！」

　むきになる遼の頬(ほお)に、きらが手をあてた。

「遼さん、顔は笑ってるのに辛(つら)そうで……。泣きたい時は、泣けばいいのに。誰も笑ったりしませんよ？」

「――っ」

不覚にも目の奥が熱くなり、遼は顔をそむけた。

「ダメです」

「なぜ？　遼さん、私には泣いていいって言ってくれたのに」

「きらさんは、子どもだったから……」

「私、今日いっぱい泣きました。二十歳ですけど」

「えっと、女の子だし……」

「悲しみに性別って関係あるんですか？」

逃げ道をふさがれそうになり、遼はあせった。

「やっぱり、ダメです。――というか、嫌なんです、泣くの。不幸に酔ってるみたいだし……。一度泣いたら、気持ちがくじけてしまいそうで――ちょっ……」

問答無用というように、きらが首に手を回し、ぎゅっと抱きしめてきた。

「あの――」

身長差のせいで前屈みになった遼の耳元で、きらがゆっくりと言った。

「くじけたりなんか、しません。――『いっぱい泣いたら、いっぱい頑張れるから。強くなれるんだよ』」

「！」

耳に飛びこんできた言葉が遼の脳に突き刺さり、火花が散った。
痺れをともなう熱い痛みが駆け抜け、回線がつながる。長い間切れっぱなしだった、記憶の回線が——。

目の前が暗くなり、頭の中にワーンと不思議な音が響いた。こだまのような音は次第に、懐かしい誰かの声に変わっていく。

『あなたは誰？』

『泣いたらお母さんが死んでしまうから、涙がこぼれないようにしているの』

『大人のヒトが言ったのよ——』

『泣き虫は弱虫だもん。弱虫、キライ』

——同時に、様々な光景が波のように押し寄せてきた。

病院の白い壁。

風に揺れるカーテン。

中庭の古ぼけたベンチ。

空を見あげる女の子の横顔。

（あ！）

思い出した。

ララを胸に抱いた、幼いきら。

一粒の涙もこぼすまいと息をつめ、歯を食いしばる姿が痛々しくて……。

（だから、ぼくは言ったんだ）

『泣いたって、お母さんは死んだりしないよ』と。

（だって、ぼくは知っていた。泣くのを我慢するのが、どんなに辛いか）

あの頃の遼は、他人の中で緊張しながら生きていた。追い出されないように、嫌われないように、いつも笑顔で、明るく、礼儀正しく……。

自分の我慢は必要なものだけど、彼女の我慢は必要ないと思った。自分が泣けないぶん、せめて彼女には、思う存分涙を流してほしかった。

そう思い、幼い遼は、自分が欲しかった言葉をきらにあげたのだ。

『いっぱい泣いたら、いっぱい頑張れるから。強くなれるんだよ』

あげた言葉が今、十年の時を経てかえってきた。優しい贈り手を連れて。

「――」

遼の両目から、滝のような涙があふれだした。信じられないくらい熱い涙だった。

体から力が抜け、思わずきらに寄りかかる。支えきれなかった彼女と一緒に、床に膝をついた。

「う……」

「ごめん」という言葉は嗚咽になってしまった。きらが、「わかっている」というように、ぽんぽんと背中を叩いてくる。どこか祖父を思わせる仕草に安心し、遼はゆっくりとまぶたを閉じた。

女の子が、誰もいない中庭を一人で歩いていく。

彼女は前を見ていない。腕に人形を抱え、視線は真上に——空に向かっている。

血がにじむほど強く唇をかみしめ、息をつめ、瞬きもせずに天をにらみながら、歩いていく。

幼い遼は、追いかけていって彼女の腕をつかんだ。

「危ないよ。そのまま進んだら、溝に落ちちゃうよ」

「放っておいて」

おばあさんよりもしわがれた声で、女の子が言った。怒っているようだったけれど、なんとなく手をはなすことができなくて、そのままじっとしていた。

どのくらい時間がたっただろう。彼女が口を開いた。

「あなたは誰？」

「遼」

上の名前——苗字(みょうじ)をなんと名乗ってよいのか、その頃はわからなかった。だから、下の名前だけ教えた。

「リョウくん。私は遠江(とおとうみ)きら」

「とーとーみ」

変な名前だ。でも、ちゃんと上の名前があって、うらやましい。半分しかない自分は、不完全でカッコ悪い気がする。

「ねぇ、どうして空を見ているの？　なにか飛んでるの？」

「ううん。泣いたらお母さんが死んでしまうから、涙がこぼれないようにしているの」

「——」

遼は心底びっくりした。

泣いたら人が死ぬなんて、きいたことがない。

彼女はなにか勘違いして、しなくてもいい我慢をしているに違いない。そんなのは、今すぐやめさせなければ。

一生懸命頭を働かせ、遼は言った。

「だからって、上ばっかり見ていたら、きみがケガをしちゃうよ。もし車にはねられたりしたら、きっとお母さんが悲しむ。――それに、泣いたって、お母さんは死んだりしないよ」

ピクッときらが震えた。

「本当？」

「うん」

「でも――」

相変わらず上を向いたまま、きらが言った。

「大人のヒトが言ったのよ。泣いたらお母さんの病気が悪くなるって」

「大人だって間違えるし、ウソをつくよ」

「そう……なの？」

「そうだよ」

経験者だから、自信をもってうなずけた。

「だってさ、考えてみなよ。泣いただけで人が死んじゃうなら、人類はとっくに滅んでるよ。恐竜みたいに」

「——恐竜？」

ほうっと感心したようにきらがため息をついた。

「リョウくん、物知りなのね」

「テレビで観たよ」

昼間は、隣のおばあさんのお見舞い以外に、することがない。たいていテレビを観て過ごしていた。

「ねぇ、もうこっち向いたら？」

「……けど」

彼女はけっこう頑固だった。

「泣き虫は弱虫だもん。弱虫、キライ」

そうきたか。

遼は目を閉じ、必死で知恵を絞った。自分がきらの立場なら、なんと言ってほしいだろう。そう考えたら、ストンと答えがふってきた。

静かに目を開け、腕をつかむ手に力をこめる。

「大丈夫。弱虫じゃないよ。いっぱい泣いたら、いっぱい頑張れるから。強くなれるんだよ」

「――」

きらの唇が震えた。ゆっくりと頭が動き、こちらを向く。

黒目がちな瞳、ふっくらした頬、桃色の唇。あふれだす、透明な涙。

（綺麗だな）

見とれる遼の前で、くたくたと女の子が座りこみ、壊れた笛のような声をあげて激しく泣き出した。


（そうだ……）

夢の中を漂いながら、遼はつながったばかりの記憶の糸をたぐりよせた。

あのあと、『病気にきく葉っぱ』を取りに、小さな山にのぼった。行きはよかったけれど、帰りに雨がふってきて、きらが転んで足をくじいてしまったのだ。

遼は上着のお腹（なか）の辺りに人形を入れ、落ちないように裾（すそ）をベルトにしっかりとはさんだ。

そして背中にきらをおぶって、山をおりたのだ。

きらはずっと「ごめんね、リョウくん」と謝っていたが、近くに雷が落ちたのをきっかけに、急に静かになった。

「きらちゃん?」

ぐったりした彼女に呼びかける。返事がなくて、ドキンと心臓がはねた。

(まさか、死んじゃった?)

おそらく、恐怖のあまり気絶したのだろうが、幼い遼にはわからなかった。息をしていることを確認したかったけれど、雨がひどすぎて休憩できる場所もない。

遼は転がるように山道をくだり、きらと会った病院に駆けこんだ。

すでに辺りは暗く、正面の玄関は閉まっていたため、急患の搬入口から中に入った。受付できらをみてもらえるように頼もうとしたが、血まみれの腕を押さえて騒いでいる人がおり、話しかけられなかった。

遼はそのまま受付を通りすぎ、待合室へ向かった。ここはお見舞いのたびに通るので、よく知っている。普段は混雑している待合室は、いくつか明かりが落とされ、ガランとしていた。

ソファにきらを寝かせ、遼は彼女の口に耳を近づけた。

スースー。

落ち着いた呼吸を感じ、ほっと息をつく。

（よかったぁ）

とはいえ、まだ安心できない。彼女はずぶぬれだ。風邪をひかないように着替えたほうがいい。それに、くじいた足も治療してもらわなければ。

「ちょっと待っててね、きらちゃん。看護師さん、呼んでくる」

疲れてふらつく足で、ナース服の人を探しにいく。いつもならすぐに見つかるのに、なぜか今日は誰もいない。ようやく優しそうな若い女性に声をかけると、彼女は一緒に待合室まできてくれた。

「あれ？」

きらを寝かせたソファの前まできて、遼は驚いて辺りを見回した。

「いない！」

消えてしまった。

「ここにいたの？」

尋（たず）ねてくる女性にうなずく。彼女はちょうど通りかかった白衣の人に手を振った。

「ねぇ、ここに女の子がいなかった？」

「あ、きらちゃんでしょ？　上の病室に移したわよ」

遼は胸をなでおろし、若い看護師さんも笑顔を浮かべた。

「よかったねぇ。きみもびしょぬれじゃない。今、タオルを――」

廊下の奥から、バタバタと中年の女性が走ってきた。

「高木(たかぎ)さん、早く上へ！　遠江さんの容態が急変して……！」

言いかけて遼に気づき、パッと口を閉じる。

「わかりました！」

遼のそばにいた二人の女性が、弾(はじ)かれたように動き出す。

「バイタルは――」

「ご主人に、至急連絡を――」

落とした声で話しながら、三人はエレベーターに乗りこんでいった。

正確な意味はわからなかったが、切迫した雰囲気にゾッとした。

（とーとーみさん……って、まさか）

きらちゃんのお母さんだろうか。

（そんな……）

両手で口をおおい、駆け出す。パニックに陥(おちい)り、どこをどう走って外へ出たのかわからない。雨はまだ降り続いていた。

（きらちゃんのお母さんが死んじゃったら、どうしよう）

泣いても大丈夫だなんて、軽く言ってしまったせい？

雨でもたついて、葉っぱを取ってくるのが遅れたから？

（ぼくのせいだ、ぼくのせいだ、ぼくのせいだ――！）

頭の中で、己を責める声がガンガン響く。

「ごめんなさい……」

耳をふさぎ、遼は雨の中を走り続けた。


（そうだ）

埋もれていた、最後の記憶を掘り起こす。

（ぼくは、ララを服の中に入れたままアパートに戻って……。熱を出して、寝こんでしまったんだ）

なんとか起きあがれるようになった時には、きらのことを忘れてしまっていた。

罪悪感が、そうさせたのかもしれない。

(あぁ、そうか……)

祖父が迎えにきてくれたのは、この直後だ。

(まだ体調が悪くて……だから、トイレで吐いてたんだ)

そしてララは、うやむやなまま、遼の持ち物に加わった。

今、すべてがつながったのだ。


「ん……」

まぶしい朝の光を感じ、遼は薄く目を開けた。

(あ?)

なぜ隣にダンボール箱が山積みになっているのだろう。なぜ床に寝ているのだろう。

「…………頭、重……」

重いだけでなく、ぼんやりして、すぐに働かない。

(ここ、お店……?)

数秒かかってようやく昨夜の出来事を思い出し、ガバッと起きあがる。

（きらさんは？）

子どもみたいに泣きじゃくったあとの記憶がない。おそらく、そのまま眠ってしまったのだろう。ミノムシのように布団にくるまっていた。硬い床で寝て体が痛くならないように、二階から布団を運んできてくれたようだ。すっかり迷惑をかけてしまった。

見回した店内に、彼女の姿はなかった。

かちゃかちゃと、食器が触れ合う音も。

胸をなでおろした鼻先に、味噌汁のよい匂いが漂ってきた。

（さすがに一晩中添い寝はなかったか……）

（ま……さか）

さあっと血の気が引く。

立ちあがり、恐る恐るカウンター奥の引き戸を開けてみた。

「あ、遼さん。おはようございます」

昨夜と同じ服に白いエプロンをつけたきらが、シンクの前に立っていた。右手にお玉を、左手に小皿をもち、今まさに味噌汁の味見をしようとしているところだった。

「ちょうどよかった。朝食の準備が調いました」

テーブルには、焼き鮭とサラダ、ご飯、納豆、卵焼きの、完璧な朝食が並んでいる。ちなみに二人分だ。

「お米とお味噌をお借りしました。あとは、オルゴール館からもってきて……」

「ああああああ、あの」

動揺のあまり、次の言葉が出てこない。――と、遼はテーブルの隅に置かれている人形に気づき、目を見開いた。

「ララ……?」

緑の服を着た女の子のオートマタ。間違いない。汚れないように配慮したのか、食器から離れた場所に置いてあった。バラの花束を抱え、いつもの台に腰かけている。

「あぁ」

きらが慎重な手つきで味噌汁をかきまぜながら、微笑んだ。

「食材を取ってくるついでに、からくりオルゴールの台から外してきたんです」

「なぜ?」

せっかく完成したのに。あのオルゴールは、ララをはめこまなければ動かないはずだ。

「だって」

振り向いて、きらが笑った。

「ララが夢に出てきて、遼さんの所に帰りたいって言ったんです」

「は？」

「本当なんです。ララが、自分のあるべき場所は遼さんのもとだ。エトワールの看板娘になるんだって……。だから、連れてきました」

頰を染めて、上目遣いに遼をうかがう。

「ご迷惑でしたか」

「いいえ」

遼は慌てて首を横に振った。あの出窓に飾るに相応しいものは、ララ以外には考えられない。それに大切な『仲間』が店先で応援してくれたら、やはり心強い。

「でも、きらさんは、いいんですか？」

「はい。時々見にきますし……、からくりオルゴールには、私が一から手づくりしたオートマタをはめこむつもりです」

新たな目標に顔を輝かせ、拳を握る。そして彼女は、我に返った様子で食卓を示した。

「食べませんか？　今日は和食にしてみました。遼さんは、お味噌汁が大好物なんでしょう？」

「へ？」

って」

好きではあるが、普通レベルで、大好物というわけではない。

「坂垣(さかがき)さんがおっしゃっていました。遼さんが初めておかわりしたのが、お味噌汁だったって」

「え……」

そうだっただろうか？　記憶にない。でも、祖父は覚えていて――。

(それで、毎朝味噌汁を……)

てっきり、祖父が好きなんだと思いこんでいた。

「坂垣さんの味とは違うと思いますけど……」

きらが、湯気の立つお椀(わん)をテーブルに置いた。

その瞬間、遼は確信した。

(ぼくは……本当に愛されていたんだ)

十年間、一日も欠かさず続いたあたたかな一杯が、その証(あかし)。

気づかなかっただけ。いや、気づいていたけれど、信じ切れなかっただけで……。

胸が熱い。

(ぼくはもう、一人じゃない)

一人になることもない。永遠に。

祖父の愛が、ずっとそばについていてくれるから。

この先なにがあっても、孤独に怯えたりはしないだろう。

One morning I awoke to find myself famous.
『ある朝目覚めたら――』

奇跡が起きた。どえらい奇跡が。

足元から、静かな震えがかけあがってきた。それは、どこか暗い所にうもれかけていた心を揺さぶり、やがて心臓が今までとは違う音をたてて動き出した。新しい血液が体中をめぐり、不思議なぬくもりに包まれる。

「遼さん？」

遼は目尻に浮かんだ涙をぬぐい、にっこりと笑った。

「感動しちゃって。――おいしそうですね」

「お口にあえばいいんですけど」

向かい合って座り、両手をあわせる。閉じたまぶたに、祖父の顔が浮かんだ。白い歯をのぞかせ、少し胸を反らして楽しげに笑う姿が。

（ありがとう、おじいさん。大好きだよ）

「いただきます」

目を開く。

テーブルが、味噌汁が、ララが、きらが、——世界が、ほんのりと輝いて見えた。

※この作品はフィクションです。実在の人物・団体・事件などにはいっさい関係ありません。

集英社オレンジ文庫をお買い上げいただき、ありがとうございます。
ご意見・ご感想をお待ちしております。

●あて先
〒101-8050　東京都千代田区一ツ橋2-5-10
集英社オレンジ文庫編集部 気付
要　はる先生

ある朝目覚めたらぼくは
～機械人形（オートマタ）の秘密～

集英社
オレンジ文庫

2015年2月25日　第1刷発行

著　者　要　はる
発行者　鈴木晴彦
発行所　株式会社集英社
〒101-8050東京都千代田区一ツ橋2-5-10
電話【編集部】03-3230-6352
【読者係】03-3230-6080
【販売部】03-3230-6393（書店専用）
印刷所　株式会社美松堂／中央精版印刷株式会社

※定価はカバーに表示してあります

ISBN 978-4-08-680008-2 C0193

JASRAC 出 1500458-501